RYU NOVELS

ラバウル要塞1943②

竜巻作戦発動！

吉田親司

この作品はフィクションであり、
実在の人物・国家・団体とは一切関係ありません。

ラバウル要塞1943②／目次

フィリピン
グアム島
マーシャル諸島
クェゼリン
トラック諸島
パラオ
マキン島
タラワ島
ギルバート諸島
ビスマルク海
ニューアイルランド島
ニューギニア島
ラバウル
ブーゲンビル島
ソロモン海
ソロモン諸島
ポートモレスビー
ガダルカナル島
珊瑚海
オーストラリア

プロローグ
サプライズ・エアボーン

1　堡塁哀歌
――一九四三年一二月七日

外交の究極形態たる戦争という国家行動を突き詰めれば、要衝の奪い合いに帰着するだろう。

この鉄則は古《いにしえ》よりなんら変化せず、脈々と息づいている。だからこそ、堡塁《ほうるい》は必然的に進化した。

ただし、欧州と日本では多少事情が異なる。

ヨーロッパでは街全体を高い壁で囲った。世に言う城郭都市である。フン族やモンゴルといった侵略者から国民を守るには、それが最善だった。夷狄《いてき》に悩まされていた中国でも同様だ。

しかし、日本では城下町という言葉に集約されるように、強靱《きょうじん》な砦を中心に市街が構成されていくのが常であった。

権力者の保身をなによりも優先させた結果だが、戦《いくさ》の大半は内戦であり、敗北を喫しても民が皆殺しにされた例は少ない。戦乱が近づくと非戦闘員は早々に逃げ出すのが得策であり、作法だと考えられていた。

二〇世紀でも古来の不文律に変化はない。この齟齬《そご》が日米両軍に悲劇を招いた。

侍の末裔《まつえい》たる日本軍と、欧州の息吹を受け継いだアメリカ軍は、要塞に対し互いに異なる思想を抱いたまま、激突したのである……。

*

ラバウルの完全占領を企図して実施された連合軍の〝ダルサ作戦〟だが、軍事計画の大多数が常にそうであるように、予想外の障害に難渋を余儀なくされていた。

最大の誤算は大型沿岸砲の存在である。夜陰に乗じて接近したアメリカ戦艦部隊は格好の標的にされ、次々に撃破されたのだ。

油断と慢心がすべての原因であった。マッカーサー将軍をはじめとする南西太平洋軍首脳陣は、そんな兵器など存在せぬと頭から決めてかかっていた。

戦前から準備していたならばいざしらず、ラバウルは占領されて間もない。短期間で大口径砲を設置するのは不可能だと。

事実は大いに異なっていた。日本陸軍は釜山《プサン》、壱岐《いき》、対馬《つしま》の要塞に四〇センチ砲を設置した経験を有しており、ノウハウを積み重ねていたのだ。

その正式な名称は〝砲塔四五口径四〇糎加農《センチカノン》〟だった。海軍から譲渡された戦艦砲である。

八八艦隊計画が中断し、処分された〈土佐《とさ》〉と空母に改造された〈赤城《あかぎ》〉の主砲塔を譲り受け、据え付けていたのだ。工事はいずれも昭和七年夏には完了している。

それらは連装砲塔であったが、ラバウル要塞に設置された戦艦搭載砲はいずれも単装砲塔だ。

通常なら八ヶ月かかる工期の短縮と、分散配置による生存率の向上を期待した選択であったが、現状ではそれが吉と出ていた。

戦艦〈伊勢《いせ》〉〈日向《ひゅうが》〉、および〈信濃《しなの》〉から摘出された三六センチ砲四門と四六センチ砲二門は、深夜に大いに猛《たけ》り、攻め寄せる米艦隊を痛打したのである。

だが、例外もあった。ラバウル北端に位置する北崎海軍砲台だけは夜明け前まで沈黙を課せられていた。

ほかの砲台と違い、撃つべき相手を見失っていたのだ。その主《ぬし》たる海軍特務少佐は、ままならない現実に怒りをぶちまけていた。

「なんでじゃあ！　なんでウチだけ撃たせてもらえんのじゃあ！」

砲塔内で怒号を発したのは奥田弘三《おくだこうぞう》である。

「ほかの砲台は昨夜から撃って撃って撃ちまくり、アメリカ戦艦を次から次へと沈めとるのに、どうしてウチはなんもできんのじゃ！」

砲台長を任されている奥田の嘆きは、けっして大げさなものではなかった。焦《こ》がれてやまぬ武人の本懐が手を伸ばせばつかめる場所にありながら、数時間もお預けを食わされていたのだから。

「奥田よ、主賓の出番は常に最後だぞ」

厳しい調子で告げたのは、北崎海軍砲台総指揮官の有賀幸作《あるがこうさく》大佐であった。

「仕方がないさ。標的が消滅したのだから。唐美《とうび》湾へ侵入を図った敵戦艦は、こちらが手を下す前に友軍の砲台と呂号潜水艦が片づけてしまった。忸怩《じくじ》たる思いは俺も同じだよ。

しかし、ものは考えようだぞ。敵だって阿呆ではなかろう。ガゼル岬砲台は撃破されたし、西硫黄山や南崎砲台は位置が露呈したはずだ。夜明けと同時に空襲される公算が高い。

その点、我らは秘匿に成功している。新手の敵艦隊が襲来すれば最後の切り札となり、思う存分に暴れられる」

「急いで待つのが軍隊だと承知しちゃおりますぜ。でも、もう待ちくたびれました。こんなことなら西吹山にいればよかった。そもそも〈大和《やまと》〉を降りるんじゃなかった！」

奥村は日本海軍の生きる伝説であった。

初陣がバルチック艦隊を撃滅した日本海海戦とあっては、もう驚くしかない。

水兵出自の最高位である特務少佐とは、海軍兵学校卒にあてはめれば元帥である。その間、大砲一筋で腕を磨き、ついには連合艦隊旗艦〈大和〉で第二砲塔長を任されるまでになった。

ラバウルの北崎砲台に派遣されたのは昭和一八年八月であった。帝国海軍随一の砲噴技術を見込まれ、〈信濃〉に設置予定だった四六センチ単装砲の監督を任されたのだ。

当初は〈大和〉退艦を渋ったが、修正射撃の神さまと呼ばれたお前でなければ駄目だと、言わば三顧の礼で迎えられたわけである。

奥村は西吹山砲台に先に据えられた四六センチ砲の調整をすませ、次に北崎砲台で二門目の砲身の設置に携わっていた。試射も終え、万全の態勢で敵を待ち構えていたのだが、まだ実射の機会を得られていない。

「そうくさるなよ。アメリカさんは物量作戦をやらせれば天下一だぞ。絶対に別動隊が姿を見せる。それを存分に叩くのだ」

己に言い聞かせるように話す有賀であったが、その直後に状況は変化した。第二砲台から五〇〇メートル離れた海岸に位置する第一砲台から連絡が入ったのである。

『敵機群捕捉。双発機の編隊が南南東より接近中。高度四五〇〇、数は一〇〇機以上！』

第一砲台に設置されているのは〈伊勢〉から撤去した三六センチ砲だ。

同じ北崎砲台に所属しており、やはり有賀の指揮下にある。完成は第二砲台より二ヶ月早かったため、兵の熟練度はきわめて高い。

「やはり上から来たか。空襲を繰り返すだけとは芸がない連中だ」

有賀の声に奥村が反応する。

「対空用の三式弾も準備できますが、実際に撃つのは第三射からになりますぜ。昨夜の大騒動で、対艦徹甲弾を装填したままですからね」

「伝家の宝刀に蚊蜻蛉《かとんぼ》を薙ぎ払わせるような真似などさせるものか。現状のまま待機。様子を見てくる」

もともと駆逐艦乗りであり、自分の眼で確認しなければ納得できない有賀は、駆け足で砲台の外へと急いだ。

開放されている防護扉を抜ける。旋回軌条に軍靴を引っかけたが、体勢を立て直し、転倒だけは避けた。

それは砲塔を三六〇度回転させるためのレールである。死角皆無の砲塔には陸軍の工兵が念入りに擬装迷彩《カモフラージュ》を施しており、遠目には流木と岩にしか見えない。ほかにも木造の囮《デコイ》の砲台がいくつも据えられており、空襲に備えていた。

双眼鏡を南に向ける。晴れ渡った空を汚す黒点がいくつも確認できた。合衆国で組み立てられた人工の翼だ。

小高い姉山《あねやま》と伯母山《おばやま》に隠れて見えないが、その向こう側にはラバウル市街が位置している。

敵の編隊は市民もいる場所を灰燼《かいじん》に帰す腹づもりなのだろうか？　日本海軍の重慶《じゅうけい》爆撃を人類史上屈指の残虐行為と喧伝《けんでん》していたくせに。

いや、それは早合点にすぎた。

大型双発機の胎内から黒胡麻《ごま》が溢れ落ちたかと思うや、それは白い牡丹の花に姿を変えたのだ。

「あれは落下傘部隊だ。パレンバンの顰《ひそ》みにならう気かな」

有賀は、すぐに敵側の意図が把握できた。精鋭の空挺部隊が強襲作戦に投入されるのは、価値のある目標を占拠もしくは潰す場合だ。

この場合、狙われる場所はひとつしかあるまい。

正解に行き着いた有賀は大声で叫ぶ。

「北崎砲台の総員に命令。白兵戦用意だ！　敵の落下傘兵は我が砲台を狙っている！」

第1章　バーニング・アイランド

1　ストーム・トルーパーズ

――一九四三年一二月七日

不抜の永久堡塁など存在しない。

どれだけ守りを強固にしようとも、包囲戦に持ち込まれ、外界との接触を断たれれば、いずれはジリ貧となる。最強かつ最悪な攻略手段――兵糧攻めに勝てる者などいない。


しかしながら、攻撃側も高い代償を求められる。城攻めは常に時間と消耗を強要されるのだ。それに伴う出費と出血に耐えられないのなら、別種の戦略が必要となろう。

前の世界大戦《グレイトウォー》では戦車《タンク》や毒ガス、そして飛行機といった新兵器が投入されたが、それから二〇年以上が経過したラバウルの戦場では、新たな戦術が試みられた。

戦後、東南アジア各国の独立紛争を抑え込まんと、米英仏が幾度も展開することになる立体機動作戦の嚆矢《こうし》が、ここに披露されたのである……。

＊

スカイトレインと呼称されるC‐47は軍用機とは思えないほど乗り心地のよいマシンであった。

当然だ。母体はダグラス社のDC‐3なのだ。

旅客機としては世界的なベストセラー機であり、敵国の日本でさえ正規のライセンス生産が行われている名機だった。

その軍用ヴァージョンであるC‐47は主に輸送機として用いられ、いまや空挺作戦では必需品となっていた。

一機あたり二五名から二八名の落下傘兵を積み込み、二六〇〇キロ弱を飛べる。最大速度は時速三六五キロと普通だが、侵攻作戦における汎用機としては満点だった。

今回、タルサ作戦の第二波《セカンドウェーブ》に投入されたスカイトレインは、実に一七〇機！

この日のために鍛え抜かれた第一〇一空挺師団《スクリーミングイーグルス》の二個歩兵連隊四六〇〇名が夜明け前に第一陣として降下し、橋頭堡を確保。続いて夕刻には三〇〇〇名が増派される予定となっていた。

奇襲の効果は最初から期待されていなかった。ガゼル岬の西に上陸を始めた第一波《ファーストウェーブ》から意図的に一時間遅れてスタートするのだから。

その真の狙いは、雌雄を決する第三波《サードウェーブ》のサポートにあった。

強襲降下は予定どおり午前六時三〇分から始まったが、すべてが順調というわけではない。作戦開始直前から、前線部隊は混乱の縁に立たされていたのだった。

「北《ノース》か？　南《サウス》か？　まだ連絡は来ないのか！」

少将就任と同時に師団長にも任命されたマクスウェル・Ｄ・テイラーは、スカイトレインの機内で大声を張り上げた。

ツインワスプ・エンジンと呼ばれるプラット＆ホイットニー社のＲ１８３０が轟音を奏でている

ため、意志の疎通には怒鳴るしかないが、たとえそこが静謐《せいひつ》な教会だとしてもテイラーは叫んでいただろう。

先月末に第一〇一空挺師団の師団長を拝命したばかりのテイラーは、朝令暮改する命令に苛立ちを隠せずにいたのである。

当初の目的は単純であった。姉山の南の山麓に降下し、すぐさま部隊を集結。勢いに乗じてラバウル市街に侵入し、第三波《サードウェーブ》の側面援護に専念するプランであった。

面倒が生じたのは、ポートモレスビーを発進する直前だった。テイラーは攻撃目標が変更される可能性を示唆されたのだ。

『現時点でラバウル市街の制圧任務に変更なし。ただ、北部海岸の日本軍砲台を無力化させる必要が生じた場合には、部隊を北上させ、その沈黙に専念すること。次の命令を待て』

それは直属の上官であるロバート・L・アイケルバーガー陸軍中将からのメッセージだったが、テイラーにはすぐにわかった。

厄介なボスであるマッカーサーが横槍を入れてきたに違いない。アイケルバーガー中将は現場に理解のある軍人だが、ビッグ・マックは臨機応変というスローガンのもと、前線に無茶ばかり押しつける男であった。

コーンパイプをくわえた横顔が脳裏に浮かび、呪詛《じゅそ》の言葉を舌に乗せそうになったが、テイラーはその誘惑を強引にねじ伏せた。

別に聖人めいた気分にとらわれたからではない。対空射撃が濃密になってきたのだ。

半ば覚悟していたとはいえ、やりきれない気分だった。テイラーは深夜帯の実施を主張したが、それでは第三波《サードウェーブ》の支援が難しくなると却下されていたのである。

不意に空の一角に紅蓮《ぐれん》の光が走った。数秒後、我が身に押し寄せるかもしれない運命を目撃した操縦士が叫ぶ。

「三番機、被弾！　墜ちます！」

Ｃ‐47は民間航空機をそのまま軍用としたものであり、対弾性能など期待できない。僚機は着弾と同時に主翼をもがれ、墜落していった。

あれだけ入念に空爆を繰り返したというのに、まだ生き残っている対空砲座があるとは。純粋に驚いているテイラーは、揺れる機内で恐怖に耐えることしかできなかった。

やがて降下開始まで残り三分を切った。さすがに指示の変更はないだろう。俺も降下兵の最後尾に並ばなければ。

希望的観測を抱きつつ、落下傘降下の最終準備に入ろうとしたときであった。通信士が金切り声を張り上げた。

「師団長閣下！　アイケルバーガー中将より至急電であります！」

「いまさらかよ。読んでくれ……」

「了解《サー》！　〝ラバウル市街への突入計画は放棄。全降下部隊は北上し、日本砲台を無力化せよ〟……以上であります！」

考え得る限り最悪の凶報だが、テイラーは絶望しなかった。

こうした場合、まず肝心なのは意思統一である。そのためには指揮官自らが前線へと身を運び、陣頭指揮を執るのが望ましい。

そして、俺はいまラバウルの空にいる。超人的な努力が必要とされるが、部下たちをヴィクトリーロードへと導く可能性は残されていよう。

「全機に通達だ。アイケルバーガー中将の命令を決行する。着地後は集合を試みつつ、各個にマウント1《ワン》の尾根を越え、ジャップの沿岸砲台を制圧せよ！」

通信士がメッセージを送信すると同時に、機長が状況を叫ぶ。

「一番機が降下を開始しましたッ！」

「オーケー。俺たちも行くぞ。順次降下開始！」

機内で待ちかねていた二八名の落下傘兵が、スタティック・ラインと呼ばれる降下用のガイド線に導かれ、機体左側後方のハッチから舞い降りていく。

彼らは全員が雄叫び《ウォー・クライ》をあげていた。景気づけと恐怖心を忘れるためだ。

「ウィリアム・リー！」

「ビル・リー！」

それは前師団長の名前だ。ワン・オー・ワンという略称を持つ第一〇一空挺師団は、四二年夏の組織改編に伴い、とりあえず解隊されたが、ウィリアム・C・リー陸軍少将を師団長に迎え、四三年八月に再結成されていた。

熱心に落下傘専門部隊の必要性を説き、〝空挺師団の父〟とまで呼ばれた傑物だったが、激務で心臓をやられ、一一月で師団長を辞任していたのである。

リーに鍛えられた突撃空挺兵《ストームトルーパー》たちは、偉大な先駆者に敬意を表し、ダイブの際にその名を叫んでいたのだった。

後任として師団を率いているテイラーは、ある種の羨望を覚えた。いつか連中が、俺の名を連呼してくれる日が来るだろうかと。

そして、順番が回って来た。C‐47の貨客室に残る最後のひとりとなったテイラーは、無心を自らに言い聞かせながら飛び降りた。

彼もまた叫んだ。〝ビル・リー〟と……。


テイラー少将が挑んだ空挺降下は、合衆国陸軍史上もっとも困難であり、かつ最大の戦果が期待できる野心的な計画であった。

日本陸海軍が司令部を置くラバウル市を衝く。突拍子もない案にも思えるが、勝算はあった。

敵の守りは手薄となる。第一波《ファーストウェーブ》として上陸したマッカーサー将軍の率いる第二海兵師団を迎え撃つべく、主力は南下するはずだ。

敵軍の存在さえ無視すれば、高度八〇〇メートルからのダイビングはさほど危険ではない。訓練は終えているし、落下傘の開傘も自動だ。

C‐47から飛び降り、パラシュートが開くまで〇・四秒。一秒にひとりの割合で降下できるから、三〇秒あればすべての兵を戦場へ投入できる。

ただし、機体のスピードは時速二〇〇キロ超。つまり一分でおよそ三三〇〇メートルを移動する。これでは兵がバラバラに散ってしまう。敵の勢力下で散開するなど、想像するだけで恐ろしい。

対空砲火の脅威を考えれば、速度を緩めることは無理だ。いちおう現場上空で旋回しつつ、降下する手筈にはなっているが、これまた地上からの標的になりやすい。

それに加え、今回は降下地点にも難があった。

さすがにラバウル市内に直接降下はできない。隣接する妹山に降り、部隊を集結しつつ、突入を図るのがベターとされていた。

ラバウルには活火山を含む山岳がいくつかある

が、タルサ作戦における確保目標は二つだけだ。妹山と西吹山である。アメリカは前者をマウント1、後者をマウント2《ツー》と呼び、区分していた。

マウント1こと妹山はラバウル市街のすぐ北にあり、標高は五〇〇メートルを超える。禿山《はげやま》ではなく緑に覆われていた。

降下には適していない。むしろ最悪な地形のひとつだ。グライダー部隊の投入が早々に断念されたのも頷《うなず》ける話である。

しかし、偵察情報によれば守りは薄い。それに高みという地の利を奪えば、勝利を引き寄せられよう。指揮官の意志を一兵卒まで伝達できたなら、不可能も可能となる。

そうした信念を抱いたテイラーは、師団長自らが最前線に立つ覚悟を固めたのだった。

成功を欲していたのは彼だけではない。空挺部隊という組織そのものが、存続するために捷報《しょうほう》を必要としていた。

イタリアで実施されたジャイアント作戦の失敗により、落下傘兵の評価は下落の一途をたどっていた。

再起不能な打撃を受けた第八二空挺師団の汚名を返上する特効薬は勝利以外にない。

ギャンブルの損を別のギャンブルで取り戻す。それは地獄へのハイウェイにほかならないが、贅沢など言える状況ではなかった……。

T5型パラシュートの傘部分──メインキャノピーが開くと同時に、身体の落下速度は毎秒五メートルまで落ちた。

両肩と大腿部を太いハーネスが締めつけ、鈍痛が走る。だが、痛みは生きている証拠だ。頭上では無惨な死が現出していた。

数秒前までテイラーが座乗していたC‐47が、対空砲火に射貫かれたのだ。尾翼を全損した機体が螺旋《らせん》を描きつつ、墜落していく。

紙一重で生を許されたテイラーは、重力に導かれながら降下を続け、マウント1の東側中腹へと着地した。

幸運にも彼は木々の間に落下できたが、幹や枝にパラシュートを引っかけた部下も相当数いた。

この状況は事前に想定されており、全員にコンバットナイフが配布されていた。宙吊りになった兵士たちは、右足首に装着した刃物を器用に使いこなし、ハーネスを切断する。

テイラーは使い勝手のよいトンプソンM1短機関銃の安全装置を確かめながら叫ぶ。

「総員集合！　針路は北だ。南ではないぞ。マウント1を踏破し、北部海岸線へ急行せよ！」

それに反応したのは、顔も名前も知らない伍長であった。

「師団長閣下、本当に北上するのですか？　南下して海軍病院を制圧するのでは？」

事前計画ではそうなっていた。敵が銃口を向けにくい医療施設を占拠し、そこを足がかりにラバウル市街へ突入する手筈だった。

苛立たしげにテイラーは告げる。

「計画変更だ。ジャップの沿岸砲台を占拠する。非武装の病院を襲うより、そちらのほうが歯応えがあっていいだろう！」

微妙な表情を示した若者にテイラーは訊ねた。

「伍長、君の名は？」

「チップ・モロー。クイーン中隊第二小隊で、分隊長を命じられております」

「士官はどうした。いないのかね」

「まだ発見できておりません」

「よろしい。では、君を少尉に任命しよう。部隊を集結し、北上を指揮せよ。それから大至急、通信兵を探せ。

　マッカーサー将軍に連絡だ。降下自体は成功。ただし、敵軍の反撃はきわめて強固。航空支援なしでは全滅必至と強く伝えろ」

　対空砲火を除けば現時点で日本軍の反撃は確認されていない。野戦任官で少尉となったモローは、苦み走った表情を歪《ゆが》めながら言った。

「ジャップは手強い相手ですからな。現れてから援軍を要請しても遅い。師団長閣下、早手回しに長《た》けたあなたの下で働けて嬉しく思います！」

　モロー少尉はそれだけ言うと、木から降りようともがいている兵卒に手を貸すべく、走り去っていった。

　直後、雷鳴にそっくりな爆音が近くで轟《とどろ》いた。日本製迫撃砲弾の破片が飛び、アメリカン・ソルジャーの悲鳴が奏でられる。

　地面に伏せたテイラーは無惨な光景を目撃した。モローが手助けし、地面に足をつけたばかりの兵士が胸を貫かれ、そのまま崩れ落ちたのだ。

　世の無情を実感せずにはいられなかった。テイラーは考えた。

　人間は猿から進化したと聞くが本当か？　むしろ退化したのではなかろうか？

　猿は猿を滅多に殺さない。

　しかし、人間は違うではないか……。

航空参謀クリフトン・スプレイグ大佐は、親の葬儀に行きそびれた放蕩《ほうとう》息子のような顔のまま、絶望に暗く沈むのだった。

（我らのボスはけっしてイエスマンではないが、強烈な個性の持ち主でもない。タルサ作戦を統括指揮するマッカーサーに命じられれば、面と向かってノーとは言えまい。ここは舌鋒《ぜっぽう》を武器とし、説得せねばなるまい……）

不可能に近い難題だと自覚しつつも、スプレイグはこう切り出した。

「ビッグ・マックはお怒りのご様子ですな。もはや時間稼ぎは許されません。そろそろ第五〇任務部隊として旗幟《きし》を鮮明にしませんと」

戦闘指揮所《CIC》からブリッジへ移動してきた艦長のマティアス・B・ガードナー准将が、なかば諦め気味な調子で続いた。

2　ハード・チョイス

——同日、午前六時一五分

「司令、第四九任務部隊《フォーティ・ナイナーズ》のマッカーサー将軍より督促です。支援攻撃隊の発進を急がれたし。マウント1上空の制空権を掌握し、余力があれば北岸の敵砲台を空爆せよ」

その一報が空母〈エンタープライズ〉にもたらされたとき、飛行甲板には鍛え抜かれた攻撃編隊が出撃準備を終えつつあった。

すべてが対艦装備である。艦上爆撃機SBD‐3〝ドーントレス〟には一〇〇〇ポンド爆弾が、そして艦上攻撃機TBF‐1〝アヴェンジャー〟には航空魚雷Mk13が搭載され、発進の瞬間をいまや遅しと待っている。

「昨日から艦載機はすべて対艦兵装のままです。対地兵装に交換するには、最低でも八〇分は必要。なるべく早く指示を頂戴したいものです」

　部下の突き上げに屈したわけではあるまいが、レイモンド・A・スプルーアンス中将は長き沈黙を破り、こう命じたのだった。

「装備変更の必要はない。我らの攻撃目標はただひとつ。日本艦隊である。索敵機から報告が入りしだい、これを撃滅する」

　それは予想外の返事だった。スプレイグは驚きを隠せず、問い返した。

「司令……それでは!?」

「対地爆撃任務は昨日で完了した。もしも不充分だとすれば、最初から我らのみでは達成不可能な破壊目標だった。それだけの話だ」

　強靱な意志をはらんだ発言に、スプレイグは司令の覚悟を感じ取った。

「本日は空母決戦に集中するという意味と解釈してよろしいでしょうか」

「まさしく《イグザクトリー》。全乗組員に達せよ。本日の攻撃目標は日本空母のみ。ラバウルには一機も回さない」

　青ざめた表情でガードナー艦長が訊ねる。

「将軍の命令を拒絶なさるのですか？　陸海軍の不和は勝利から遠のく道なのでは？」

　だが、スプルーアンスは断言するのだった。

「虻蜂取らず《フォール・ビィトウィーン・ツー・スツールズ》の愚を犯すわけにはいかない。もう我が艦隊には、同時に複数の目標を討ち滅ぼす力はないのだから」

　スプレイグは訝《いぶか》しんだ。提督は損害を過大評価している。たしかにパウノール提督の艦隊が打撃をこうむったものの、まだ軽空母二隻を失っただけではないか。

航空参謀は昨日の空襲を回顧した。

幸いにして彼らの空母第一群は無傷だが、第二群は日本機の集中攻撃を受けていた。すなわち、チャールズ・A・パウノール少将が率いる部隊である。

損害は微妙だった。

軽空母〈ベロー・ウッド〉は大破して自沈処分と相なり、航行不能に追いやられた同型艦〈カウペンス〉は重巡〈インディアナポリス〉に曳航《えいこう》され、戦場から姿を消している。

痛かったのは艦載機だ。ラバウル攻撃で疲弊し、実に一五〇機以上が失われていた。

しかしながら正規空母五、軽空母三が残存しており、攻撃編隊は五〇〇機強が確保できる。ラバウル空爆と日本艦隊撃破を同時にこなす能力は、まだあろう。

賢者《ワイズマン》という渾名《あだな》を持つスプルーアンスが、それを認識できていないはずがない。

「司令、標的を絞るのは勝利への近道です。しかしながら、持ち得る戦力を縦横に発揮しないのであれば、サボタージュの誹《そし》りは免れません」

そう進言したスプレイグだったが、刺すような司令の一言に総身を凍りつかせることになる。

「地上戦は負ける」

航空参謀だけではなかった。ブリッジに詰めた全員が冷徹なる現実を突きつけられ、沈黙した。

やがてスプルーアンスは重い口調で言葉を繋いでいく。

「昨日の空襲で敵航空戦力を殲滅《せんめつ》できなかった。その時点で陸戦は黒星が決まったも同然。最終的には勝利できようが、手持ちの戦力を総動員せねばならず、必然的に長期戦となる。凱歌をあげる頃には国民の大多数が戦争に飽いていよう」

生唾を呑み込んでからスプレイグは問い糾《ただ》す。

「せめて海上では勝つ、という宣言と解釈してよろしいでしょうか」

軽く頷いてからスプルーアンスは言った。

「フランス上陸に失敗した陸軍は、ここラバウルでも敗れた。もはや名誉挽回はできまい。だが、海軍は別だ。まだ失点の回復はできる」

それはどうだろうか。スプレイグには楽観論をきわめた発言に聞こえてしまった。すでに大損害が生じていたためである。

モートン・デイヨー少将が率いる戦艦部隊だ。対地支援砲撃のため、マッカーサー将軍の第四九任務部隊と行動をともにしていた八隻のバトル・ワゴンは、そのすべてが撃破されてしまった。

旧式の寄せ集めとはいえ、手痛い打撃には違いない。惨敗を糊塗《カバー》するには、レパント、トラファルガー、そしてツシマといった歴史的な大海戦を上回る派手な勝利が必要だろう。

沈鬱なスプレイグの表情を読み取ったらしく、艦隊司令は言葉を繋いでいく。

「我らは日本海軍の大型空母全艦を沈め、その侵攻能力を根絶する。新聞にヴィクトリーと書かせる方法など、ほかにない」

現実主義者を極めたスプルーアンスらしい発言であった。補佐役のスプレイグは必死に脳内を検索し、正答を見つけ出す。

「空母なしでの攻勢など事実上不可能。ジャップから侵略の牙を奪えば、戦争に勝利したと強弁できましょう。そのためには一定の艦隊戦力を真珠湾まで帰投させる必要がありますが」

「そうだ。戦後の発言権を確保するためにも、太平洋艦隊は存在し続けなければならない。もうラバウル攻撃につき合う義理も余裕も消えた。第五○任務部隊の本日の使命は、日本空母の撃沈だ。瑣事《さじ》に拘泥《こうでい》してはならない」

そう断言したスプルーアンスの態度に、ブリッジの全員が決意を固めた直後だ。水を差す電文が届けられたのだった。

「またマッカーサー将軍からですぞ。対地砲撃に戦艦を派遣せよと命じておられますが……」

ガードナー艦長の報告に、スプレイグは表情を歪めるのだった。

第五○任務部隊には戦艦六隻が随伴している。

超最新鋭の〈アイオワ〉〈ニュージャージー〉に、サウス・ダコタ型四隻――〈サウス・ダコタ〉〈インディアナ〉〈マサチューセッツ〉〈アラバマ〉の面々である。

すべて空母の直衛任務につく重要な戦闘単位だ。一隻でも抜ければ防空網に穴が開く。ここは無視するか、適当な理由をつけて拒否するべきだ。

しかし、スプルーアンスはすべての予想を覆す決定を発動するのだった。

「戦艦か。いいだろう。六隻すべて艦隊から分離させよ。ニューアイルランド島の北を回り、ビスマルク海に侵入させるコースを策定するのだ」

たまらずにスプレイグは反論する。

「それは言行不一致というものでは？　対地砲撃に戦艦を派遣するのは、空母戦に集中するという先ほどの命令と矛盾しますが」

「対地砲撃といった不経済な戦闘は許可しない。戦艦部隊は前進してくるであろう日本艦隊の迎撃に投入するのだ」

スプルーアンス中将の意志は、すぐさま実行へと移された。〈アイオワ〉に将旗を掲げるウィリス・A・リー少将に至急電が飛ぶ。

『貴官に砲戦部隊の全権を委任する。戦艦六隻を率いて南西へと急行し、ラバウル支援に接近する日本艦隊を捕捉撃滅。ビスマルク海の制海権を掌握すべし』

護衛戦力の駒が日減りする選択をスプレイグは歓迎しなかったが、表立って意見を述べるような無粋な真似は控えた。

戦艦隊はもともと別個の輪形陣を組んでおり、第一群および第二群の空母艦隊とは距離を保っていた。視界から消え失せたとしても実損は少ない。

どのみち日本海軍も戦艦というマシンの価値が暴落している事実は理解していよう。ほかのすべてを無視し、空母のみを狙ってくるはずだ。

生死の狭間でのタイトロープを覚悟したスプレイグは、すぐに己と第五〇任務部隊の命運を悟ることになった。

時計の針が午前七時を指す直前、待ち望んだ報告がついに入電したのである。

日本空母発見の一報であった……。

3　ゼロ・ファイト

――同日、午前六時三五分

小澤治三郎《おざわじさぶろう》中将が直率する第三艦隊には、総計三六二機もの軍用機が準備されていた。

日本海軍航空隊が最後の力を振り絞って編成した艦載機である。新型旧型が入り混じっており、統一感にはやや欠けるものの、搭乗員たちの戦意には一片の曇りもなかった。

そして、彼らは成果を確保した。前日の薄暮近くに実施した空襲の結果、パウノール艦隊の軽空母二隻を撃破したのだ。

機動部隊が米空母を屠《ほふ》ったのは、昨年一〇月の南太平洋海戦以来である。久々の戦果だが、旗艦〈翔鶴《しょうかく》〉の空気は重かった。

攻撃隊一七三機のうち、帰還機は八三機。実に九〇機が戻って来なかったのだ。

何機かはラバウルに着陸している様子だが、とても安心できる状況ではない。

第二次攻撃隊として温存していたのは一八九機。第一次攻撃隊の帰投機を徹夜で整備させたが、使えるのは半分強。つまり、合計で二四〇機前後となる。零戦を直衛に残さねばならぬため、攻撃に投入できる機体は二〇〇機弱であろう。

己のこうした懐事情を承知しているからこそ、小澤中将は慎重のうえにも慎重を期した。部下の進言をはねつけ、夜間攻撃を断念させたのもそのためである。

正攻法による大規模空襲を完遂し、米空母艦隊を撃退する。ラバウル死守を実現するには、それが最善の策だ。

小澤艦隊は夜陰に乗じて北東へ変針していた。無論スプルーアンス艦隊の動きを推理しての行動である。

当初は艦載機の航続距離を生かし、米軍機の攻撃圏外から空襲を試みる戦法――いわゆる〝アウトレンジ〟も考慮されたが、天候の急変がそれを許さなかった。

南から勢力を拡張してきた低気圧の影響で断雲が天を覆い、上空からの視認を困難にしていたのである。

アウトレンジは、片道四〇〇キロ以上の行軍が必須だが、悪天候を衝いての長距離飛行は機位を失いかねない。敵艦隊と遭遇できなかった場合、すべてが終わってしまう。

航空参謀樋端久利雄《とばなくりお》中佐も、確実な戦果拡張には接近戦が最適と強く推奨したため、小澤は距離を詰める決断を下したのである。

機動部隊は最初からニューアイルランド島の北に占位しており、ラバウルからはいっそう距離を取る形になった。

昨日から対地支援を催促されていたが、事前協議の場で、海戦が有利に傾かぬ限り空襲は無理だと通達ずみである。気の毒だが、陸軍には辛抱してもらうしかない。

夜明けと同時の総攻撃を企図した小澤は触接機の発進を命じた。すでに戦艦や重巡の水上偵察機を使い果たしており、空母機の九七艦攻を転用したのだが、これが凶と出てしまった。

日付が変わる頃、スプルーアンス艦隊を見失ってしまったのだ。夜間偵察の専門訓練を受けていない機を投入した当然の結果だが、あまりに痛すぎる失策だった。

索敵は、やり直しとなった。当然、これにも艦攻隊の生き残りが二〇機以上投入され、攻撃隊の力は減耗した。

幸いにして払暁《ふつぎょう》と同時にアメリカ空母艦隊発見の一報が舞い込み、〈翔鶴〉の第三艦隊首脳陣は胸をなで下ろした。

小澤はただちに総攻撃を命じ、六時四五分には戦爆連合一七九機が飛行甲板を蹴った。零戦隊を防空用に四一機残してはいるが、全力出撃と評してよいだろう。

大捷《たいしょう》を期待できる状勢だったが、発進作業の終了間際に凶事が起こった。駆逐艦〈早霜《はやしも》〉が敵の索敵機を発見したのだ。

これで昨日のような一方的な空襲は期待できなくなった。おそらく珊瑚海海戦と酷似した結果が待っているのではなかろうか。

軍帽を振りながら攻撃隊を見送る小澤治三郎の表情は硬く、そして暗かった……。

＊

畳と飛行機は新しいものに限る。

新鋭の零戦五二型を操る杉田庄一《すぎたしょういち》上等飛行兵曹は、重装備にもかかわらず意外なほど軽い操縦桿の手応えを直に味わっていた。

空母〈千歳《ちとせ》〉に乗り込んでいた彼は、昨日の攻撃隊に参加していなかった。軽空母三隻で構成された丙部隊は第二次攻撃のため、出撃を見合わせていたのだ。

切歯扼腕《せっしやくわん》する夜を過ごしたが、鶏鳴《けいめい》の出撃命令には戦意を駆りたてられた。約半年のブランクがあったが、内地で充分に訓練を積んだのだ。腕前は落ちていまい。

陽光が操縦席を照らす。師走だというのに南溟の太陽は暴力的なまでの光量を誇示していた。

悪しき思いが脳裏を駆けた。あの日、あの時のブーゲンビル島と瓜二つじゃないか……。

杉田が回想したのは〝海軍甲事件〟と呼ばれる空戦である。山本《やまもと》長官機が危機に瀕した際、彼はすぐそばで護衛任務に従事していた。

六機の零式のうち、Ｐ38を真っ先に発見したのは杉田の零戦だった。見事に一機を撃墜したものの、一式陸攻は被弾し、宇垣纏《うがきまとめ》参謀長以下、連合艦隊首脳部は半減した。

山本大将は新型陸上爆撃機銀河《ぎんが》に座乗しており、間一髪で難を逃れたが、杉田は自責の念にとらわれることになった。

当然かもしれない。彼はまだ二十歳《はたち》にもならぬ若武者なのだ。弱冠一八歳でB17を撃墜した空戦の申し子とはいえ、人間形成は不充分であった。

このまま前線に置くと長生きはできまい。海軍航空隊はそう判断したらしく、杉田は内地帰還を命じられ、呉で新戦術の研鑽《けんさん》に励むことになった。

爆戦こと、爆装零戦の運用である。

旧式化しつつある零戦二一型に二五〇キロ爆弾を搭載し、簡便な艦爆として運用するというアイディアだった。爆撃後すぐ戦闘機に早変わりするため、一切の無駄がない。

いいことずくめの感が強いが、実現は容易ではなかった。難航したのは搭乗員の選定である。

爆撃に慣れている艦爆乗りを零戦に乗せるべきなのか？　それとも、艦戦乗りに爆撃の訓練を積ませるべきか？

杉田は選定の一助たるべく瀬戸内で試験飛行を繰り返したが、結果としては艦爆乗りを転用したほうが効率がよいとする意見が主流となった。

零戦二一型には本格的な爆撃照準装置がなく、経験の浅い戦闘機乗りが命中弾を与えるのは至難の業《わざ》なのだ。天賦の才に恵まれた杉田は好成績を残したが、平均ではやはり本職の艦爆乗りに軍配があがった。

お役御免となった杉田だが、秋を待たずして爆装零戦そのものがお役御免となった。想定よりも命中率が悪く、対艦攻撃に投入するには失格との烙印を押されてしまったのだ。

杉田は修練と工夫で絶対に戦果が期待できると力説したが、その意見を握り潰した者がいた。

樋端久利雄中佐である。連合艦隊航空甲参謀の発言力にかなうわけもない。爆戦の可能性に賭けていた杉田は、無念の涙を呑むしかなかった。

奇縁を感じずにはいられなかった。樋端もまた海軍甲事件の生き残りだったのだ……。


遠方の海面に断雲とは異なる煙が見えた。

間合いが詰まるにつれ、それが空爆の痕跡だという事実が明白になってきた。一番槍として飛び込んだ〈飛鷹《ひよう》〉〈隼鷹《じゅんよう》〉の攻撃隊が戦果をあげたらしい。

第一波が蜂の巣を突いた後に殴り込みをかけるわけだ。犠牲は覚悟しなければ。欲張って翼下に二発も三番通常爆弾二型を吊り下げてきたが、ここらで諦めて棄てるべきか？　高度は現在二〇〇〇メートル。もっと稼ぐべきか？

杉田が迷いを感じた直後、戦場が現出した。米軍戦闘機《グラマン》が高空から食い気味に襲いかかってきたのだ。

「全機散開！」

四つの黒点を視界の隅に見つけると同時に、杉田は反射的に叫んだ。部下の三機は、それを合図に一斉に散る。

隊長の杉田も咄嗟《とっさ》に操縦桿を倒し、低空に逃げようとしたが、一度、高みを取られた不利はいかんともし難い。何機かは靖国に送還されるだろう。

死神の指は、すぐ杉田機へと伸びてきた。抱いたままの計六〇キロの爆弾を棄てようとした直前、着弾の衝撃が零戦五二型を襲った。

風防の一部が砕け、杉田の後頭部を強打した。根性や気合いで対処できる域を越えた痛覚に意識が飛んでいく……。

気を失っていたのは数秒か、それとも数分か。

我に返ったとき、杉田の零戦は弧を描きつつ、緩降下していた。高度は三〇〇メートルを切ろうとしている。

迫る海面にも慌てずに操縦桿を引き、機を安定させた。同時に周囲を見回し、脅威対象を探る。いない。誰もいない。

杉田の零戦は大空の孤児であった。

寂寥《せきりょう》感に脳が冷えてきた。考えうる状況はひとつだけ。敵味方の戦闘機は相打ちとなり、果てたのだろう。俺は初手で戦場から弾《はじ》き飛ばされ、たまたま助かったというわけか。

被害は風防のみらしい。ブローニングの一二・七ミリ機銃弾を一発だけ食らい、後ろ半分が粉々になっているが、操縦系に支障はなかった。

飛行帽に手をやる。出血しているが、たいしたことはない。

戦士として刃を振るう資格を失っていない事実に安堵し、高度を上げながら怨敵《おんてき》を探す。

すると――雲の切れ目に輪形陣が視認できた。火炎も黒煙も一切ない。手つかずの敵艦隊だ。

杉田は出撃直前の状況説明を思い返した。索敵機の情報によれば、アメリカ空母部隊はくしくも小澤艦隊同様、二つのグループに分かれている。

片方は昨日の空襲で空母二と駆逐艦数隻が撃破され、手薄と判断されていた。つまりはパウノール艦隊である。

攻めるならそちらが確実であり、実際に二隻の飛鷹型空母を発進した先発隊が矢尻を突き立てている様子だ。

　そして杉田が遭遇した空母艦隊こそ、スプルーアンス中将が直率する第五〇任務部隊・第一群であった。

　完全に無傷の相手である。正規空母三、軽空母二を中心に、防空軽巡と駆逐艦が幾重にもそれを取り囲んでいた。

　すぐに高度を下げた。一五メートルを維持して様子をうかがうも、敵機が接近する気配はない。

　いくらなんでも相手が悪すぎた。ここは踵《きびす》を返し、味方機の集合を待つのが常道だ。その選択肢を選んだとしても、誰も非難はできまい。

　だが、新潟生まれの上等飛行兵曹は、敵に背中を向けるような真似はできなかった。

「わしは敵を見たら、いっつもぐわぁっと向かっていくんさ！　怯《ひる》んだり逃げたりせんで！」

　杉田庄一は故郷の言葉で叫ぶや、後先考えずに栄一二型発動機を全力回転させ、突撃を敢行したのである……。

＊

　旗艦〈エンタープライズ〉へ迫る敵機に気づき、いち早く対応したのはフレッチャー型駆逐艦の〈コグスウェル〉であった。

　DD‐651という艦ナンバーを持つ彼女は、四ヶ月前に完成したばかりの最新鋭であり、まだ乗員の練度は低かった。そのため輪形陣の邪魔にならない場所、つまり最後尾にポジショニングせよと命じられていた。

　位置関係から判断し、日本軍艦載機は西から来るはずだ。ラバウル航空隊が南から飛来する公算もゼロではないが、マッカーサーが直率する陸軍部隊が上陸作戦を敢行中なのだ。そこまでの余裕はあるまい。

南から超低空を単機で接近する飛行物体に気づいた〈コグスウェル〉だが、即座に発砲はできなかった。友軍機の可能性を排除するわけにはいかないからだ。

手始めに警告の黒煙と信号を盛大に発し、味方艦の注意を引きつけた。しかるのちに警告射撃を実施したが、相手の針路は変わらない。

CV-6〈エンタープライズ〉が迫る脅威に気づいたのは、〈コグスウェル〉が全砲門を用いた実包射撃に踏み切った数秒後であった。

輪形陣最後部の駆逐艦が奏でる対空機銃の不協和音は、空母の右舷中央に設けられたブリッジにまで響いてきた。

艦長を務めるマティアス・B・ガードナー准将が反射的に叫ぶ。

「まさかジャップの空襲か⁉　パウノール艦隊のみならず、こちらにまで触手を伸ばしたか！」

各艦には緊密な連絡網が構築されており、すぐ詳報が入った。

『敵は一機のみ。超低空から接近中。強行偵察機の公算大！』

それは常識から導き出された推定だが、戦場とは非常識な空間である。ゆえに正解ではなかった。

「艦隊直衛機はどうした！」

口にした直後、その解答に行き着くガードナー艦長であった。

上空には二五機のF6F-3〝ヘルキャット〟が旋回している。日本機に気づいたパイロットがいてもおかしくはない。

だが、彼らは戦闘機指揮管制士官《FDO》からの指示がなければ動かない。自己判断で持ち場を離れると、戦果をあげたとしても、叱責される可能性があるからだ。

数秒後、戦闘指揮所《CIC》から電話が入った。

『ガードナー艦長、なぜ本艦の対空砲火は静寂をキープしているのだろうか』

高声電話ながらも発言者は完璧に特定できた。レイモンド・A・スプルーアンス中将、その人だ。

『戦場で味方だと判定できない相手は、すべて敵と見なすべきだ。対応を急ぎたまえ』

有無を言わせぬ一方的な指示に、ガードナーはこう叫ぶしかなかった。

「イエス・サー。全対空火器、自由射撃開始だ。艦尾から飛来する未確認機を撃ち落とせ！」

艦長命令に歴戦空母は、すぐさま応じた。夏の改装時に増強されていた四基の四〇ミリ四連装機関砲と四六門の二〇ミリ機銃が、天空へと火弾を吐き出す。

この敏捷さで全艦が対空戦闘に移行していれば撃墜できたかもしれない。

しかし、第一群のほかの大型正規空母、すなわち〈エセックス〉と〈ヨークタウンⅡ〉は散発的な射撃しかできず、軽空母の〈インデペンデンス〉〈プリンストン〉にいたっては沈黙したままだ。

輪形陣を形成する新型軽巡の〈サンタフェ〉〈モービル〉〈ビロクシー〉も対応は鈍かった。

雷撃機よりも低空を単機で飛ぶ敵機を視認するには時間が足りなかったのだ。また強風で波濤《はとう》が高く、自慢の対空レーダー網もその性能を完璧に生かしきれなかった。

「敵機投弾！」

見張りの声に身をすくめた刹那《せつな》であった。被弾特有の炸裂音が鼓膜を襲う。

爆発音が聞こえ、満載排水量三万二〇〇〇トン超の空母はわずかに揺れた。もっとも、直撃弾にしては衝撃は小さい。魚雷や対艦爆弾ではなさそうだ。

「損害報告はどうした！」

ガードナー艦長が急かすや、三〇秒としないうちに思いもよらない通達が入った。

『こちら通信室。無線アンテナが全損した模様。現在、本艦は送受信不能！』

それは杉田機のあげた戦果だった。

無謀と勇敢の間を綱渡りしながら吶喊《とっかん》を続けた零戦は、対空砲火を撃ち上げる〈エンタープライズ〉をあえて狙い、その艦尾から急接近すると、激突寸前でホップアップし、翼下の三番通常爆弾二型を投擲《とうてき》したのだ。

一五キロの炸薬しか詰められていない小型爆弾ながら、当たりどころに恵まれた。一発は飛行甲板を直撃し、制動索《アレスティングワイヤー》を二本引きちぎった。

そして、残りは艦橋構造物と一体化している大型煙突の縁にて炸裂し、爆風で通信アンテナを切断したのだった。

巨艦からすればかすり傷のような打撃だったものの、実際のところは深刻だった。

喉と耳に針を打たれ、声も出せず、音も聞こえない。〝ビッグE〟はそんな状況に追いやられていたのである。

「ブリッジから通信室へ。予備系統への切り替えにはどのくらいかかる？」

そう訊ねたガードナー艦長だが、返事は実に渋かった。

『サブ・アンテナへの接続と調整に、最低でも五分は必要です！』

駄目だ。現代戦における三〇〇秒など永遠にも等しい。〈エンタープライズ〉は旗艦として不適格になりつつある。

艦長のそうした思いを読み取ったのだろうか、再び戦闘指揮所《CIC》から通達が入った。

『艦長、通信系統が回復するまで艦隊指揮権を〈エセックス〉のウィリアム・ハリル少将へと譲り渡す。艦隊防空戦において本艦の代役を果たすように明滅信号で伝えよ』

スプルーアンス中将からの命令は即座に実行された。後知恵ながら、その選択は時宜にかなったベストなものであった。少なくとも艦隊の全面的破滅を防いだのは事実である。

だが、戦運は第五〇任務部隊にはなかった。

勝利の女神の気をそらしたのは、無茶を承知で突撃を強行した零戦であった。

脱出態勢に入った敵機は、散発的な対空砲火を切り抜けて北への退避を図った。

いまさらながら迎撃機が急行したが、ここでも戦局は不利に動いた。突出した一機が逆撃に遭い、その翼をもがれたのだ。

高みから突撃し、速度を生かしての一撃離脱を目論んだＦ６Ｆ－３だが、機銃弾を軽やかにかわされてしまい、反対に格闘戦に持ち込まれた。

ゼロ・ファイターの無敵神話はアメリカ海軍内部でも崩壊しつつあったが、低空における安定性と旋回性能にかなう機体は、まだ存在しないのだ。

＊

「さっさと逃げろ！　低空でジークにドッグファイトを挑むんじゃない！」

　無線機にそう喚《わめ》いたのはアレクサンダー・ブラシウ中尉であった。〈サラトガⅡ〉を母艦とする第八四戦闘飛行隊《VF84》の隊長である。

　だが願いは虚しく、突出していた部下の一機が尻に食いつかれ、垂直尾翼を射貫かれた。そのF6Fは揚力を失い、波間で砕けた。

　勇敢な戦闘機乗りが戦死したとは思えないほど小さな水柱があがる。

　自分でも不思議だが、ブラシウは怒りを感じなかった。抱いたのは無常観だ。思えば三〇分前、彼自身も敵機を海へ叩き込んだではないか……。

　この日、ブラシウは第二群の〈サラトガⅡ〉の直衛に従事していた。早朝から空襲を迎え撃ち、彗星《ジュディ》艦爆を六機も血祭りにあげた。

　味わえた高揚感は、尋常ではなかった。昨日は一式陸攻《ベティ》の群れを発見しつつも、上からの命令で攻撃を禁じられ、慚愧《ざんき》の涙を流していたのだ。

　無念さを晴らし、エースとしての称号を得るにふさわしい戦果であったが、母艦の被弾に喜びは半減した。

　ブラシウの責任ではないが、別領域から押し寄せた天山《ジル》艦攻の魚雷を頂戴したのだ。昨日の空襲で護衛駆逐艦を失い、輪形陣が手薄になっていたのである。

　空母〈サラトガⅡ〉の右舷中央部にて炸裂したそれは、トン単位の海水流入をもたらした。

　エセックス型は水中防御も強化されていたが、

新型戦艦が導入した多層式液層防御に比較すればやはり脆《もろ》い。

　対空兵器を欲張りすぎたためか、トップヘビーになっており、復元力は前級のヨークタウン型より減少しているとの指摘もあったほどだ。

　被雷は一本のみだが、傾斜は一八度に達した。速度も二二ノットまで低下し、離着艦は不可能と判断された。沈みはしないが、戦力復旧まで時間を要するだろう。

　この戦果は〈飛鷹〉および〈隼鷹〉の飛行隊が全滅に近い犠牲を払い、勝ち得たものであった。七二機の攻撃隊のうち、帰投機は一七機のみだ。損耗率は七六パーセントを超えている。

　だが、若鷹たちが散った甲斐はあった。

　この時点で、パウノール艦隊に残された無傷の空母は〈レキシントンⅡ〉と小型の〈モンテレー〉のみとなった。

　そして両艦とも過積載の状態だ。これも昨日、二隻の軽空母が撃破されたことが影響していた。

　燃料と弾丸が心細くなったブラシウは着艦許可を求めたものの、戦闘機指揮管制士官《FDO》からの返事は待機だった。なおも窮状を訴えるや、第一群へ急行し、そこで補給を受けよとの指示だ。

　スプルーアンス艦隊とパウノール艦隊は夜半に接近し、二五キロ前後の間隔をキープしている。ブラシウは配下の六機を従えたまま、空襲の合間をぬって第一群に接近し、そこで悪夢的な瞬間を目撃したのだった。

　杉田の爆装零戦が旗艦〈エンタープライズ〉に直撃弾を叩き込んだのだ。途端に部下のひとりが熱くなり、無謀な突撃を敢行したあげく、逆に討ち取られた。

復讐に燃える列機が次々にダイブしていったが、もはや止めようがなかった……。

信じられないことに、一対五の空戦はアメリカ側に不利だった。

圧倒的な数の差を、日本機は度胸と旋回性能で埋めていた。大乱戦だが、ベテランなら逆に対応しやすい。すでに二機が食われている。

「こいつは相当な凄腕だぞ。エース級の熟練パイロットに違いない！」

二五歳のブラシウはそう呻《うめ》いたが、相手の正体を知れば仰天したであろう。実際の相手は年下の未成年なのだから。

不用意に格闘戦を挑んだF6Fが、また一機やられた。ブラシウも含め、部下たちは第二群の防空戦闘で疲弊していたし、被弾した機も多かった。

接敵のコンディションとしては最悪に近い。

また、零戦《ジーク》はニューフェイスらしく、速度が若干あがっている様子だ。三機撃墜という戦果に満足したのか、日本機は上昇しつつ、健脚を生かして逃走に移る。

ブラシウは迷いを感じた。頭の隅ではわかっていた。逃げるジークなど放置してよいのだと。狙うべきは爆撃機や雷撃機だ。空母に安寧をもたらすには戦闘機など見逃すべきだと。

しかし、ここでは理屈よりも感情が支配した。ブラシウもまた戦闘機乗りであり、ジークは宿敵であった。再び戦場で相まみえる危険を思えば、後顧の憂いを断つのも悪くない。

「生き残りはジャップの左から回り込め！　俺は右から頭を押さえ込む！」

スロットルを全開にする。二〇〇〇馬力のライトR2800‐10型エンジンが唸り声を発した。戦闘重量五・七トンの機体が上を向く。

対峙する零戦五二型は全備重量二・七トンと軽いものの、発動機に採用された栄二一型は一一三〇馬力と非力である。上昇力ではF6Fの貫禄勝ちだ。

だが、追跡に移った列機には悲惨な運命が待ち受けていた。ジークは逃げたのではない。逆撃の機会をうかがっていたのだ……。

「逃げやせん！　敵機がいる限り、一目散に向かって行く。それがわしの信条じゃけの！」

杉田は脱出を試みたわけではなかった。

上昇して宙返りするが、その頂点でエルロンとラダーを一気に左に切る。機体が分解するような加重がかかるも、旋回半径が小さくなり、敵機の背後を奪えるのだ。

これが図に当たった。追いすがる三機のグラマンのうち、二機の尻を拝めた。片方には逃げられたが、残りは機首の七・七ミリ機銃を叩き込み、主翼を穴だらけにしてやった。

その代償として半壊していた風防が完全に破壊され、頭が吹きさらしとなったが、ここは我慢のしどころだ。

なおも遁走するグラマンを追いかける杉田機であったが、本当の代償を支払う瞬間が到来した。

真下から突き上げる形で一斉射を頂戴したのである。それはブラシウ中尉が放った一二・七ミリ機銃弾であった。

破壊されたのは水平尾翼だ。すぐに操縦不能となった。零戦は無様に緩降下していく。このままでは単なる的《まと》だ。

杉田は迷わなかった。座席の安全帯を外すと、クッションの代用品としている落下傘を確認し、そのまま機外へ身を投げた。

海軍航空隊の搭乗員には落下傘を保有しない者も多い。捕虜になれば一生の恥という概念が生きていたためだが、杉田はあえて持参していた。

弱腰ではない。何度でも生きて戦場に立ち戻るという覚悟の表現であった。

高度は一〇〇〇メートル弱だったが、パラシュートの開傘には充分だった。あっという間に海面が迫り、南洋特有の生温《なまぬる》い塩水が全身を包む。

命からがら水面に浮き上がり、落下傘を腰から外そうと四苦八苦していると、頭上にエンジン音が響いてきた。

首をねじ曲げるとネイビーブルーの悪霊がそこにいた。グラマンだ。着水したパラシュートは嫌でも目立つ。トドメを刺しに来たのだろう。

「ヤンキーめが！　侍がここにおるで！　首でも取って手柄にせいや！」

「ジャップめが！　ハラキリをする前にこっちが心臓を止めてやるぜ！」

部下を利用してでも不意を衝き、杉田の零戦を仕留めたブラシウ中尉だが、味方の犠牲と戦場の高揚感に呑まれ、平常心を失っていた。

脅威対象から除外された相手に拘泥することがどれだけ危険な行為かを、ブラシウは身をもって味わうことになる。

次の瞬間、彼の肉体は生命活動を強制停止させられたのであった。

そしてＦ６Ｆヘルキャット戦闘機を砕いたのは、日本製の銃弾ではなかった。

杉田が死を覚悟した直後、信じ難い光景が戦場に現出した。降下しつつあったＦ６Ｆが、前触れなしに砕け散ったのだ。

友軍機か？　零戦でも来てくれたのか？

視線をめぐらせると、接近中の飛行編隊が確認できた。味方機だが零戦隊ではなかった。

天山と九七艦攻の混成部隊であった。丙部隊を出撃した第二次攻撃隊の主力である。

杉田は絶好のポジションから、米空母襲撃戦の一部始終を目撃するのだった……。

４　ブロークン・アロー

――同日、午前七時

ブラシウ中尉のＦ６Ｆ‐３を砕いたのは、ＣＬ‐60〈サンタフェ〉が放った対空砲弾であった。

クリーブランド型軽巡に分類されるが、基準排水量は一万一〇〇〇トンを超えており、実質的には重巡に近い。

当然、武装も強力だ。一五・二センチの三連装砲塔を四基、一二・七センチ連装両用砲を六基も搭載していた。加えて四〇ミリおよび二〇ミリ機銃を合計四〇基も用意している。対空火力はアトランタ型防空艦を凌駕する勢いだ。

ブラシウ中尉にとって不幸だったのは、その火《か》箭《せん》が集中する空間へ愛機を滑り込ませてしまったことだ。しかも砲弾はＶＴ信管装備のものが大半だった。助かる道理などなかった。

誤射ではない。苦渋の決断の結果である。

ゴーサインを下したのはラッセル・バーキー大佐だった。〈サンタフェ〉の完成と同時に指揮を任され、早くも一年が経過しようとしているベテラン艦長である。

　対空戦闘を監督するバーキーだが、苛立ちを禁じ得なかった。味方の戦闘機隊は、たった一機の零戦《ジーク》に翻弄されているらしい。いっそ逃げてくれたほうが盛大に対空砲火を放てるのだが。

　焦燥するうちにＳＣ型対空監視レーダーが異変を捉えた。

　三〇機以上の編隊が真西から接近中。敵味方不明。距離、あと六〇キロ……。

　普通、一〇〇キロ前後でキャッチできておかしくないが、またしても日本機は超低空から飛来したため、電波の耳目も十全には機能しなかったのである。また、ピケット・ラインに配置していた駆逐艦が目減りしていたのも地味に響いていた。

　第五〇任務部隊にとって不幸だったのは、まさにこの瞬間、旗艦〈エンタープライズ〉が一時的に通信機能を失っていたことであろう。

　スプルーアンス中将は、被弾からほどなくして〈エセックス〉のハリル少将へと指揮権を譲渡したが、約三〇〇秒のタイムラグが生じた。

　いわゆる〝運命の五分間〟である。

　防空戦の統括指揮を任されたＣＶ‐９〈エセックス〉だが、新鋭艦にしては乗員の練度は高められていたものの、いきなりの重責に戦闘指揮所《ＣＩＣ》の処理能力はパンクした。

　防空戦闘機の誘導に乱れが生じ、混乱から立ち直った頃には、すべてが終わっていた。

　バーキー艦長は敵編隊発見の一報を〈エンタープライズ〉と〈エセックス〉に連絡した。

『艦隊に脅威が迫りつつあり。撃たなければ空母が狙われるが、この状況では友軍のＦ６Ｆを巻き添えにしてしまう。具体的な指示を願う!』

だが、明確な返事はなかった。いま沈黙を保っても罪には問われないだろうが、味方の危機に座視を決め込むなど、合衆国海軍軍人の進むべき道では絶対にない。

それは究極の選択だった。

バーキーは独断で全門斉射を命じた。射線上にブラシウ中尉機が飛び込んでしまったが、必要な犠牲だと割り切るしかなかった。

そして……残念無念な現実がある。

バーキー艦長の即断により、活火山の勢いで対空砲火を撃ち上げた〈サンタフェ〉は、実に八機の日本機を撃墜したが、空母防衛という結果には結びつかなかったのである。

＊

《……ニューアイルランド島沖海戦と命名された空母決戦の最終局面において、スプルーアンス艦隊に殺到したのは、丙部隊を発進した第三次攻撃隊であった。

軽空母〈千代田《ちよだ》〉〈千歳〉〈瑞鳳《ずいほう》〉の各艦は大林《おおばやし》末雄《すえお》少将の命令に従い、稼働機の全力出撃を実施した。発艦促進ロケットを装備した天山艦攻が一八機、旧型の九七艦攻が一三機、護衛の零戦が一八機である。

戦爆連合四九機が飛行甲板を蹴り、一九〇キロを飛行して敵艦隊にたどり着いたのは、午前七時二分であった。

襲撃のタイミングとしては天佑を信じたくなるほど絶妙であった。スプルーアンスの第五〇任務部隊・第一群は、わずか数分間であるが、指揮系統に混乱を来していたのである。

ミッドウェー海戦においてアメリカ艦載機は、これ以上ないというめぐり合わせで南雲艦隊を襲撃したが、その再現を想起させる機運であった。

輪形陣の一瞬の緩みを衝く格好で突撃した雷撃隊は事前計画に従い、空母のみを狙った。昨日の空襲で護衛艦が弱体化していることを期待しての戦法であった。

実際のところ、守りが薄くなっていたのはパウノール提督の第二群であり、丙部隊が攻撃に踏み切ったのは第一群だったが、最前線で実状を完璧に把握できる者などいようはずもない。

軽巡〈サンタフェ〉の対空砲火で天山が三機、九七艦攻が五機も撃墜されたが、二三機は吶喊を続け、ついには雷撃に成功したのだった。

まず標的とされたのは同型艦の軽空母二隻だ。CLV-22〈インデペンデンス〉とCLV-23〈プリンストン〉の姉妹である。彼女たちは九一式航空魚雷改二の洗礼を浴びた。

まずネームシップの〈インデペンデンス〉が被雷した。右舷前方に据えられた艦橋の真下に一本頂戴し、傾斜が始まった。火災は生じなかったが、浸水を食い止めることには失敗した。

二番艦の〈プリンストン〉は、より深刻だった。左舷艦尾に魚雷二本を頂戴し、航行能力が極端に落ちてしまった。発揮速力はわずかに八ノット。もはや戦力としては寄与し得ないレベルだ。

もともとインデペンデンス型は空母不足を埋めるため、ルーズベルト大統領が強引に建造を命じた代物であり、軍艦として完成形ではなかった。いちおうバルジを増設したが、防御力は期待するほうが間違いである。

惨劇は、さらに続いた。旗艦任務をバトンタッチされたCV‐9〈エセックス〉が被雷したのだ。
天山艦攻が全滅と引き換えに得た戦果だった。直撃したのは一本だけだったが、それがスプルーアンス提督の戦意を挫く結果をもたらしたのは、よく知られているとおりだ。

丙部隊に帰投した第三次攻撃隊は、零戦五二型が八機、天山が二機、九七艦攻は一機であった。対空砲火と送り狼に食われた結果である。

生還した機が少なすぎたため、戦果確認は困難を極めた。米空母を痛打したのは確実だが、息の根を止めたかどうかは微妙だ。

しかし、小澤治三郎中将はその日の午後になり、ようやく具体的な戦果を把握することになる。

駆逐艦〈野分《のわき》〉に救助された戦闘機乗りの杉田庄一上飛曹が、きわめて詳細な敵情報告をもたら

したのだった……》

ジョン・トーランド著

「米軍敗走の三六五日

ガダルカナルからラバウルまで」より

第2章
地獄の釜が開くとき

1 無血上陸

——一九四三年一二月七日
午前七時五五分

払暁から実施された侵攻作戦は、機械的に推移しつつあった。

尖兵として選ばれたのは第二海兵師団である。

師団長ジュリアン・スミス海兵少将の指揮下、約七〇〇〇名の海兵隊員《マリーン》が三隊に分かれ、カバカウル湾の三カ所へ上陸を続けていた。

指定された地区は西から順にハイドラ、スワン、オーキッドという略称がつけられている。

本来は一万弱の予定であったが、昨日の空襲で戦車揚陸艦《LST》が一式陸攻に叩かれ、大損害をこうむっていた。

制空権の確保も微妙だった。これ以上の犠牲を避けるためには、一刻も早く兵士を島にあげなければならない。

海岸線を血潮で染めるような敵前上陸を覚悟していたが、ガダルカナル戦と同様、日本軍は海岸線の守備を放棄していた。そのため作戦の初動は拍子抜けするほど順調であった。

第一波《ファーストウェーブ》は順風満帆。その報告を受けたマッカーサーは、自らも島に出向くと宣言した。

彼は八時すぎに記者とカメラマンを引き連れ、中央のスワン区へと上陸した。

将軍が軍靴を濡らし、最前線へ赴いた事実には美談の香りがするが、実状は多少異なる。

歴史に名を刻んだ将軍の多くがそうであるように、マッカーサーもまた第六感の強い男だった。フィリピン脱出以来、マッカーサーは己の内なる声に従い、何度も窮地を切り抜けてきた。今回もそうだ。生存本能が、軍艦に居座り続けることは危険だと告げたのだ。

軽巡〈フェニックス〉を退艦し、短艇《ボート》で最前線へと向かったのは午前八時前のことであった。

スワン区を選んだのは、最優先確保目標のラポポ飛行場に隣接しているからだ。

日本軍が南飛行場と呼ぶ要地である。その占領に成功したと聞いた直後、マッカーサーは迷わず仮設司令部を設営せよと命じた。

万一の場合でも、軍用機で脱出可能と計算したからであった……。

＊

「将軍、朗報です。先鋒の戦車隊がココボを奪取したとのことです！」

長年、補佐としてつき従っているリチャード・K・サザーランド少将が喜色満面で告げた。

上司のマッカーサーから美点と欠点を受け継いだ人物である。最前線に同行するほど勇敢だが、独善的であり、頭に血がのぼりやすい。

参謀長としては不適格との評価もあり、マッカーサー自身もそれを認めてはいたが、使いやすい手駒を手放す気などなかった。

「ハイドラ区に上陸した部隊がなだれ込んだよう

です。ジャップが湾岸道路を整備してくれていて大助かりですな！」

仮設司令部のテントに参謀長の言葉が響いた。だが、マッカーサーは沈黙したままだ。彼は独特の嗅覚で異変をかぎ取っていた。

（ココボはラバウルで第二の都市。手こずると覚悟していたが、あっけなかったな。敵は守備を重視していないのか？

いや、考え難い。ココボの西の岬には砲台陣地が据えられている。そこを突破すれば、ラバウル市街への幹線道路はガラ空きではないか……）

罠《トラップ》という面白くない単語が脳裏を走る。ここは用心すべきか？　それとも好機と解釈して一気に戦線を拡大すべきか？　できれば後者を選び、ヴィクトリーロードを進みたいところだ。

迷うマッカーサーを後押しするかのように大口径砲の筒音が鳴り渡った。

発生源はガゼル岬の近くだ。日本軍の砲台ではない。そこの沿岸砲は破壊したとの報告が入っていた。砲火を放っているのは友軍である。

BB‐45〈コロラド〉だ。第四九任務部隊・第九群に残された唯一の戦艦であった。

もっとも五体満足ではない。推進力を全損し、海岸に座礁している。大破を通り越して、もはや残骸と称しても過言ではあるまい。

ただし、前甲板の主砲は生きていた。二基四門の四〇センチ砲は、ときおり思い出したかのように火弾を西へと発射している。

さらに、ありがたいことに敵機の目を引きつけてくれてもいた。上陸部隊が空襲に曝《さら》されなかったのは〈コロラド〉の存在感があったればこそだ。

だが、小さな満足で大きな過失を見過ごすことはできない。マッカーサーは飽き足りぬと言わんばかりの声で、こう告げるのだった。

「あの座礁戦艦に居座り、攻撃を続けている乗組員は賞賛に値する。それに比べて、さっさと脱出した弱腰どもはどうだ。ガラ空きの滑走路を占領して英雄気取りとは笑わせる。さっさとフネに帰れと言いたいよ」

幕僚一同に失笑めいた響きが流れる。逃げ足の速さでマッカーサーに勝る者などいない。全員がそう認識していたのだ。

サザーランドが生真面目な表情で、

「そいつはデイヨーには禁句ですぞ。ハプニング的とはいえ、ラバウル一番乗りの栄誉を担ったのは連中なのですから。ここは譲ってやりませんとマスコミが陸海軍の不和を書き立てますな」

と参謀長らしく助言した。マッカーサーは渋面を見せたが、受け入れるしかない現実だと認識してもいた。

「そうだな。陸軍が先を越された事実は認めなければ。しかし旧型とはいえ、戦艦をすべて沈められたのだ。太平洋艦隊に汚名返上のチャンスなどもうないさ。

できることなら、ここで影響力をすべて摘み取り、ニミッツから指揮権を簒奪《さんだつ》したい場面だな」

余裕を示したマッカーサーだが、不意の来客に口をつぐむことになった。敗将が面談を求めて来たのである。

「デイヨー少将がお見えになりました」

テント内に姿を見せたモートン・L・デイヨー海軍少将は憔悴しきった様子だったが、それでもマッカーサーを見つけると、威厳を取り戻したかのように告げるのだった。

「将軍、まずは御礼を申し上げます。護衛艦隊に大打撃が生じたにもかかわらず、上陸作戦を継続なさったのは英断です。これで多くの水兵たちが犬死にとならずにすむでしょう。どうか、リベンジをなし遂げていただきたい」

それに応じたのはサザーランド参謀長だった。

「感謝より謝罪のほうが先では？　艦隊を全滅させたにしては反省が足りない態度に見えるがな。いまからでも遅くはない。座礁した戦艦に戻ってはどうかね」

マッカーサーはサザーランドの台詞に満足した。こういう際に憎まれ役を買って出るのも補佐の役目なのだ。

目を伏せてからデイヨーは答えた。

「私とて船乗りの端くれです。できれば〈コロラド〉に将旗を掲げたままでいたい。ですが、艦長のグラナット大佐に懇願されたのです。フネは看取るので、地上戦の監督を頼みたいと。

もちろん戦艦艦隊を全損したのは私の責任です。帰国後の軍法会議は覚悟しております。しかし、この島にいる間は指揮権を維持させてほしい」

野戦用の簡易ベンチに腰を降ろしながら、マッカーサーは応じた。

「陸軍の私に海軍の貴官を処断する権限はない。ただ、大敗北を喫したと認めるのならば、地位にしがみつくのは好ましくなかろう」

「本職には〈コロラド〉の水兵を統率する義務があります。彼らは現在もなお、白兵戦を展開中なのです。だいたい、このラポポ飛行場を制圧したのは彼らなのですぞ」

押し黙るしかないマッカーサーだった。

大口を叩く敗将を卑下しても、こちらの価値が暴落するだけだ。フィリピンを追われた彼に、デイヨーを酷評することはできなかった。

「アドミラル・デイヨー、貴殿の気高き責任感には私も胸を打たれた。よろしい。貴官の地位は私が保証してやろう。

　ところで、生き残りの水兵は何名いる？　新たな任務を授けたいのだが」

　表情を曇らせつつもデイヨーは答えた。

「約一〇〇〇名。食糧は〈コロラド〉から降ろせるだけ降ろしましたが、武器が足りません。小銃など四人に一挺しかないのですよ。融通してもらえませんか」

「兵器は不要だ。しかし、工具なら貸してやれる。この飛行場を整備してもらいたいのだ。滑走路は穴だらけだし、日本機の残骸も目ざわりだからな。夜までに味方機の離着陸ができるように頼む」

　拒否権のないデイヨーに可能な行動は、首を縦に振ることのみであった。マッカーサーは満足し、こう続けるのだった。

「貴官の戦艦部隊は壊滅したが、戦果はあった。日本軍の砲台は夜明け前に沈黙している。きっと壊滅したのだ。午後には第三波《サードウェーブ》が上陸する手筈だが、彼らは一切の妨害を受けないだろう」

　将軍が言い終えた直後である。台詞とは正反対の現実が惹起した。強烈な爆裂音が西から響いてきたのである。

「大変です！　座礁戦艦《コロラド》が撃たれています！」

　その報告にデイヨーは泡を食った様子でテントを飛び出して行った。数人が提督の後を追うが、マッカーサーは悠然と座ったまま、トレードマークのコーンパイプをくわえ直すのだった。

「やはり撃ち漏らしがあったか。〈コロラド〉が射撃を継続していれば、敵はいずれ我慢できなくなると読んでいたが、図星だったな」

サザーランド参謀長も不敵な笑みを浮かべる。

「第二波《セカンドウェーブ》の空挺部隊が砲台を発見してくれると最高ですな。破壊に成功すれば第三波《サードウェーブ》の安全率がアップしますぞ。質と数に勝る我らは、最終的な勝者となれるはずです」

数分後、朗報が入った。ココボを占領した先発隊が堅牢な建物を確保したというのだ。野戦電話で状況を把握したサザーランドが、

「ジャップの潜水艦司令部《サブマリンヘッドクォーター》を無傷で占拠した様子です。ブービートラップの可能性もないとの連絡ですが、いかがいたしますか」

と告げるや、マッカーサーは迷わずに返すのだった。

「最前線と司令本部の距離は、短ければ短いほどよい。我らはそこに移動し、進軍の指揮を執るとしよう」

テントを抜けだしたマッカーサーらは、用意されていたジープに乗り込んだ。四輪駆動車は海兵隊の列をかき分けるように湾岸道路を西進する。

日本兵の姿はどこにもなかった。敵はやはり水際防御を放棄し、ジャングルに陣を張っているのだろうか？

それにしては反撃が遅すぎる感もあった。早朝から第五航空軍が密林に無差別爆撃を加えてはいたが、敵軍を黙らせるレベルの空爆ではない。

なにか悪だくみを考えているのでは？

生じた疑念を払拭するために、マッカーサーは目線を海へと転じた。そこには友軍艦艇が数多く居残り、甲斐甲斐しく働いている。

めだったのは三隻のドック式揚陸艦だ。アシュ

ランド型の〈アシュランド〉〈ベレ・グローブ〉〈カーター・ホール〉である。

全長一四五メートル、満載排水量八〇〇〇トン弱と軽巡級の船体だが、肝心のウェル・デッキは一一八メートルもあった。そこに舟艇を満載し、注水して艦尾のゲートを設け、短時間で発進させる仕掛けだ。

歩兵を六〇名乗せた機動揚陸艇《LCM》ならば一四隻、やや小型の水陸両用戦車《LVT》ならば三〇隻前後を搭載できる。

今回はＬＶＴのみに絞り、数を確保していた。実質的にはトラクターに近いが、地上でも水上でも推進力として機能する無限軌道から戦車と呼ぶ声も大きい。荒地や珊瑚礁でも突破できる登坂力が強みだった。

初期生産の1型は非武装かつ非装甲だったが、今回投入されたのは2型だ。〝ウォーター・バッファロー〟と呼ばれるそれは、一二・七ミリと七・七ミリの単装機銃を各一挺揃えている。乗船できる歩兵は一八名だ。

現在、出撃中なのは三番艦の〈カーター・ホール〉だった。本来は全艦同時にＬＶＴを発進させる予定だったが、敵の抵抗が皆無と判明したため、できるだけ西進してから上陸させたほうが得策と判断された。

ミズスマシ《ウィリィギグ》のように荒波をかき分け、陸を目指すＬＶＴを見据えつつ、マッカーサーは自画自賛に浸るのだった。

「装甲車両として転用できるＬＶＴを揃えて正解だったよ。ＬＣＭは単なる輸送艇だからな」

となりのサザーランド参謀長も追随した。

「火力支援用に七五ミリ戦車砲を装備したタイプ

もあります。機甲兵力に乏しいジャップが襲来しても簡単に撃退できましょう。

これで進軍は万全ですが、制空権の不安が若干残りますな。散発的とはいえ、敵機は来ています。スプルーアンスに空爆を要請しては？」

覇者としての戴冠しか頭にないマッカーサーは、部下の貴重すぎる進言を拒絶するのだった。

「必要あるまい。提督も日本艦隊との決戦で手がまわらないだろう。それに、あまり手柄を立てさせたくない。タルサ作戦の主役はあくまでも南西太平洋軍であり、太平洋艦隊ではないのだ」

そう言い放った直後であった。海軍を戦場の主役から引きずり降ろすに充分な衝撃が、背後からやってきた。

鈍い破裂音にジープも停車した。振り向くと、海岸線に火柱が立ちのぼっている。若き海兵隊員が現実を叫んだ。

「やられちまった！　俺たちの〝バッキン・ブロンコ〟が吹っ飛んだぞ！」

それは一般的に荒馬を意味する単語であるが、同時にBB‐45〈コロラド〉のニックネームでもあった。

第四九任務部隊は最後の戦艦を永遠に喪失したのである。

2　北崎砲台にて

――同日、午前八時二五分

半壊していた〈コロラド〉に飛来したのは、北崎海軍砲台から放たれた徹甲弾であった。

大和型三番艦〈信濃〉に搭載される予定だった巨砲だ。直径四六センチの砲弾は擱座《かくざ》したままの米戦艦に引導を渡したのである。

さすがに初弾命中とはいかなかった。第四射で至近弾、第五射で直撃弾を与え、〈コロラド〉を爆沈に追いやったのは賞賛すべき戦果だが、その主はままならぬ現実に感情を爆発させていた。

「駆潜艇〈第二二号〉より通達。敵戦艦の爆発を確認。繰り返す。敵戦艦爆沈！」

歓声が砲座内部を満たしたが、そこの責任者は負の感情をむき出しにするのだった。

「米戦艦はとまっとるんやぞ！　固定砲台が停止目標を初弾で撃破できんとは大恥じゃ！」

第二砲台長の奥田弘三特務少佐だ。日本海軍の生きる伝説であり、技量は神域に肉薄している。砲噴技術の世界的権威として、彼は今回の成果を容認できなかったのだ。


「おい、二番よ。戦果をあげた水兵をそう責めてはいかん。念願のアメリカ戦艦撃破をなし遂げたのだ。これ以上は欲張りというものだろう」

上官の有賀幸作大佐は部下たちの手前、そう言ってなだめたものの、内心は奥田以上の不本意さを抱えていたのだった。

（第五射か。遅すぎるな。初弾発射から約七分が経過してしまった。この砲座は念入りに偽装されているが、これほど盛大に火炎を放ったのだ。敵の空挺部隊は見逃してはくれまい……）

人目がなければ頭を抱えたいところだが、北崎海軍砲台総指揮官という立場上、部下たちの前で醜態をさらすことはできぬ。なによりも最終的に発射を決めたのは有賀自身なのだから。

先ほどの実弾射撃だが、見敵必戦のスローガンのもとに発射されたわけではない。西吹山堡塁射撃指揮所からの命令を無視する形だったのだ。

ラバウル海軍砲台総指揮官の小柳富次《こやなぎとみじ》少将は、日の出と同時に砲撃を全面禁止としていた。射撃は位置を露呈させ、敵機を招いてしまう。

陸軍第八方面軍の反撃は午後に予定されていた。それまでは砲台を維持しなければならない。だが、有賀はあえて命令を破った。それもまたやむにやまれぬ事情が存在したのである。


有賀に昼間砲撃を決意させたのは、駆潜艇〈第二二号〉からの緊急電であった。

くしくも、山本長官が九死に一生を得た海軍甲事件において、バラレ島で生贄《いけにえ》に処された駆潜艇と同型艦である。

全長五一メートル、排水量四四〇トン弱という小型ながら、米軍上陸時にラバウル港に碇泊していた軍艦では最大のものであった。

要するに逃げ遅れたのである。

本来、魚雷艇を除く水上艦艇は、すべて敵襲前に唐美湾から脱出する計画だったが、敷設機雷の暴発でスクリューを破損した〈第二二号〉は身動きが取れず、水上機基地に引き籠もっていた。

修理が終わったのは一二月七日の早朝だ。巧みな偽装網のおかげで空襲の被害は皆無だったが、錨《いかり》を上げない限り死を待つだけである。

艇長の鈴木《すずき》伊太郎《いたろう》大尉は夜半を待って、花吹山の西に展開する松島港に移動した。闇に紛れて脱出を試みるつもりだったが、アメリカ戦艦の砲撃が始まり、それどころではなくなってしまった。

夜明け前に出撃した駆潜艇〈第二二号〉だが、マッカーサーの上陸船団を発見し、これを監視中に駆逐艦の砲撃を受けた。至近弾に傷つきながら針路を南崎へ向けようとしたとき、身動きのとれなくなった〈コロラド〉が対地砲撃を開始したのである。

鈴木艇長は平文で全軍に至急電を打った。

『アメリカ戦艦一がガゼル岬の西に座礁中なり。各砲台は即刻反撃に打って出られたし。これより本艇は弾着修正に尽力せん！』

また、陸軍飛行隊が展開している中央高地の西飛行場からも緊急電が入っていた。

『敵艦砲の着弾、きわめて近し。現状では滑走路の機能を喪失する危険あり。発射源を探知し、破壊されたし！』

これらの通報を聞きつけた有賀は、逡巡の末に決意した。悲鳴にも似た懇願に応じなければ帝国海軍軍人に非ずと。

彼は奥田特務少佐に問い糾した。米戦艦を短期間に葬ることは可能かと。

第二砲台長は自信ありげに、初弾で楽に潰せると言ってのけた。たとえ外したとしても、修正値さえ頂戴できれば第二射で仕留めてみせると断言したのである……。

「砲台長、駆潜艇〈第二三号〉より入電。現在、敵駆逐艦三隻と交戦中！」

第二砲台は通夜にも似た空気に満たされた。的確な修正指示を送ってくれていた勇敢な駆潜艇だが、砲熕兵器は乏しい。八センチ単装高角砲と一三ミリ機銃が搭載されているだけだ。

速度も一六ノットしか出ない。駆逐艦と殴り合って勝てる見込みはゼロだろう。

大恩あるフネに死が迫っている。しかし、戦場は姉山と妹山を越えた彼方で直視は無理だ。弾着観測をしてくれる味方がいない限り射撃は不可能である。

「駆潜艇との通信、連絡途絶しましたッ！」

その報告に奥田が鬼哭《きこく》の呻きを洩らす。

「なんちゅうことじゃ！　殊勲艦を見殺しにしてしもうたぞ！　鉄砲屋のバカタレが！」

無意味に壁を殴りつける奥田へと、有賀大佐はこう道理を説くのだった。

「その無念は胸にたたんでおくのだ。復讐の機会はすぐに来る。これは慰めではない。敵の大船団が接近中だと俺は睨《にら》んでいる。その撃破こそが、我が砲台に課せられた最大の使命なのだからな」

奥田特務少佐は言葉を絞り出した。

「そいつはぜひとも信じたい話ですがね。なんぞ根拠でもあるのでしょうか」

「敵の空挺部隊が姉山に降りた。現在にいたるもラバウル市街に突入したという報告はない。連中は我が北崎砲台を無力化する腹づもりだ」

「して、その心は？」

「別口の上陸作戦を支援するためだろう。おそらく田浦湾が狙われる。あそこからシンプソン湾までは四キロもない。突破されたらラバウル市街は孤立化してしまう。マッカーサーの狙いは、それに違いあるまい」

己の言葉に自信を深めた有賀は、こう命じるのだった。

「二番！　対艦砲撃戦準備だ。まずは護衛の軍艦から潰すぞ。三式弾も準備しておけ。紙のような装甲の輸送船を叩くには徹甲弾は不要だからな」

＊

「案外ジャップも知恵がまわるらしいな。ビーチに巨砲を据えるとは味な真似を。これぞ文字どおりの沿岸砲か」

　第一〇一空挺師団を直率する師団長マクスウェル・D・テイラー陸軍少将は、姉山の頂から北崎方面を睨みながら言った。

　成り行きで補佐役を務めているチップ・モロー少尉が、それに呼応する。

「囮《デコイ》の大砲が多すぎて特定できませんでしたが、撃ってくれて助かりましたね。攻撃目標が明確になった以上、無力化は成功したも同然です」

　双眼鏡を構えつつ、テイラーは目算した。

「距離は約三キロか。兵を集結させ、突入させる猶予は六〇分……いや、一二〇分だな。それ以上かかるとアウトだ。第三波《サードウェーブ》の連中が生贄に饗されてしまう」

　すぐさまモロー少尉が部下に声をかけた。

「キュービィとビッグジョン！　山を南にまわって登頂していない部隊の尻を叩くんだ。総攻撃は貴様らが到着と同時に開始されるとな！」

　テイラーの周囲には、まだ一〇〇〇名強の兵士しか集っていなかった。第一陣として約四六〇〇名が降下したが、少なくとも突入に半数はほしい。空挺部隊の宿命だが、重火器が乏しく、敵砲台の制圧は頭数に頼るしかないからだ。

　かなりの出血が予想されるが、やるしかない。大本命の第三波《サードウェーブ》を乗せた上陸船団は、すぐそこまで来ているはずだった。

　再び双眼鏡のアイピースを眼窩《がんか》に押しつけ、対物レンズを北西に向ける。すると――。

　群青の海原に複数の黒点が確認できた。明らかにフネだ。巨艦の姿はないが、中型や小型の船舶がうごめいている。

モロー少尉が大声を張り上げた。

「師団長閣下！　間違いありません。あれこそが第三波《サードウェーブ》でしょう！」

3　最前線への進撃

――同日、午前九時

有賀とテイラー。二人の観察と推理と想像は驚くほどの正確さで現状を見抜いていた。

北崎砲台の北東に姿を見せたのは、マッカーサーが送り込んできた上陸船団の第三波《サードウェーブ》である。目指す海岸は田浦湾――ラバウル港の反対側に位置する穏やかな入江だ。

そこから市街までは約四キロ。山間には道路も貫通している。上陸さえできたら、都市の制圧は時間の問題だ。

埋伏させていた華僑系スパイの諜報活動により日本軍の守備態勢は露呈していた。ラバウル市には海軍陸戦隊が駐屯し、主戦場の中部から南部は陸軍が陣を敷いている。

マッカーサーの狙いはその分断だった。陸海軍の間に文字どおり楔《くさび》を打ち込み、連携を断ち切ってしまえば、組織的抵抗は長く続けられまい。

海兵隊による第一波《ファーストウェーブ》、空挺部隊の第二波《セカンドウェーブ》、そしてすべてを決する第三波《サードウェーブ》は陸軍の正規部隊が投入された。

第二七歩兵師団である。ラルフ・スミス陸軍少将が師団長を務める新進気鋭の部隊だ。手始めに四〇〇〇名が上陸し、さらに日没までに八〇〇〇名以上が増派される計画となっていた。

師団としては、これが実質的な初陣である。機械化が進んだ完全充足状態であることが強みだが、経験不足は否めない。タイミング的に白昼の上陸となるため、激戦は必至だ。

だが、陸軍大将のマッカーサーとしては、海兵隊だけに手柄を立てさせるのは面白くなかった。戦局を決する重大な戦線に、あえて第二七師団を投入した背景には、政治的な作為が色濃く絡んでいたのである。

もちろん用心のため、予備戦力も洋上に集結させていた。第一騎兵師団と第一海兵師団の主力である。これは明日以降に到着する手筈だ。

自らの軍靴で上陸を終え、第一〇一空挺師団の降下を確認したマッカーサーは、状況を楽観視し始めていた。ガダルカナル戦以降、我らには勝ち癖がついているのだ。今度もうまくいく。

昨日からの激戦で日本軍の抵抗は弱体化しつつあった。歩兵を乗せた戦車揚陸艦《LST》とその護衛艦隊が進撃を続けているが、敵機も敵艦も姿を見せていない。すでに上陸した部隊の迎撃で手いっぱいなのか？　それとも、大軍に恐れをなして抵抗する意欲を喪失したのだろうか？

確実なのは、近隣海域に大規模な敵水上部隊が存在しないことだ。潜水艦を除けば、日本艦隊はラバウルに接近を試みていない。

慢心がマッカーサーの心で拡大しつつあった。ジャップ艦隊は史上最大規模の我が上陸船団に怖じ気づき、逃げ出したのかもしれない。常識で考えれば、これだけの物量を誇る相手に挑みかかるのは、蛮勇を通り越して自殺に近い。

だが、しかし――。

自分の尺度でのみ現実を見極めようとする者は必ず痛い教訓を得る。このときのマッカーサーが、まさにその好例だった。

寡兵にもかかわらず、無謀な突入を試みようと欲した艦隊が存在したのである……。

＊

「長官、そろそろ時間ですぞ。どうかご決断を」

首席参謀大和田昇《おおわだのぼる》少将がそう問いかけたが、ラバウル潜水艦隊司令長官豊田副武《とよだそえむ》大将は、なおも沈黙を守るのだった。

軽巡〈大淀《おおよど》〉の航海艦橋の空気は重く濁っていた。選択肢は二つだけ。破滅を覚悟で飛び込むか、尻尾を巻いて落ち延びるかである。

どちらにせよ、あまり楽しい未来は待ち受けていない。

迫り来るのはアメリカ大艦隊だ。輸送船が大半であろうが、護衛艦も少なくないはず。そもそもこちらの戦力は軽巡、潜水母艦、練習軽巡が各一隻と駆逐艦四隻なのだ。

やがて豊田は小さく呟《つぶや》いた。

「死を逃れるのは無理なようだね。しかし死に化粧なら、まだできるかもしれない。どうせ斃《たお》れるのなら、納得できる最期を迎えたいものだ。

山本長官が私を最前線に配置したのは、こうした場合に備えてだろうな」

大和田少将が両眼を大きく見開いて言う。

「見敵必戦の伝統に従いましょう！」

武者震いに揺れる拳《こぶし》を握りしめたまま、豊田は命じるのだった。

「よろしい。これより第七潜水艦隊は総力をあげ、アメリカ輸送船団を迎撃する。

偽装網を解け！　缶を焚《た》け！　全砲門開け！」

ワトム島に潜んでいた〈大淀〉が危機を認識し

たのは、北崎海軍砲台からの連絡であった。陸軍部隊を満載したと思しき大艦隊が接近中だという。

針路から考えられる上陸地点は田浦湾であろう。ワトム島とは八キロしか離れていない。座視が許される間合いではなかった。

当初、第七潜水艦隊の水上艦艇、つまり旗艦〈大淀〉と潜水母艦〈長鯨《ちょうげい》〉、そして練習軽巡の〈香《か》取《とり》〉の任務は、帰投する呂号潜水艦に対する魚雷の補給にあった。

昨夜のカバカウル湾沖雷撃戦で大戦果をあげた部下たちだが、生還したのは〈呂一〇五潜〉のみである。しかも夜明けを過ぎてしまい、安全に給弾できる機会は失われてしまった。

呂号潜水艦は北方へ一時退避せよ。そう命じた直後、敵船団出現の急報が入ったのだ。

相手は輸送船団だけでも四〇隻を数えた。戦艦こそいないが、重巡級のフネが側面を固めている様子だ。無論、駆逐艦も相当な数がいる。

飛び込めば死あるのみ。だが、脱出すれば一生臆病者の誹《そし》りを受けるだろう。

最終的に豊田の背中を押したのは、北崎砲台が砲撃を開始したという通達だった。

有賀大佐は間違いなく敵船団を狙っていよう。敵の視線を釘付けにできれば、こっちが肉薄する時間を稼げるはずだ。

また帝国海軍軍人として、敵艦に背中を見せるような真似だけはしたくない。

豊田はそう思いいたったのである……。

*

「ブルーメール艦長、アメリカ重巡の〈ミネアポリス〉より緊急電です！」

その一報が自由フランス海軍の練習軽巡〈ノストラダムス〉にもたらされたのは、現地時間九時四五分であった。

「重巡からだと？　第三波《トロワジエムバーグ》の護衛に従事しているフネだな。申し出はなんだ？」

イル・ド・ブルーメール艦長が訊ねると、通信長は即座に電文を読み上げる。

『我が重巡戦隊は敵沿岸砲と交戦中に甚大な損害を受けた。旗艦〈ニューオリンズ〉は航行不能。〈ミネアポリス〉沈没。戦況はきわめて不利。フランス艦隊の支援を望む！』

表情を変えずにブルーメール大佐は言った。

「友軍は苦労しているようです。フォンブリューヌ少佐、きみはノストラダムスの予言詩を解読し、三方向からの突撃のうち二つが成功すると示唆してくれましたが、潰《つい》えるのは第三波《トロワジエムバーグ》ではありませんか」

艦医のマックス・ド・フォンブリューヌ少佐が軽く首を振りながら、

「解釈は常にたゆたうものです。すべてに正解を導き出せる人物が現れるのなら、ノストラダムスはその男の名を予言していたでしょう」

と苦しい弁解をしたが、居合わせた唯一のアメリカ人がそれを否定する。

「過去の亡霊と会話をしても、現状は打破できません。戦況を変えるものがあるとすれば、不断の独力と強固な意志のみ。幸いにも戦線までは二〇キロありません。全速で南進すべきです」

連絡将校のジョセフ・J・ロシュフォート中佐であった。一歩間違えれば、越権行為とも思える意見具申である。即座にフォンブリューヌが咎《とが》めだてをした。

「突撃など無茶すぎます。こちらは練習軽巡二隻、駆逐艦も二隻しかいないのですぞ」

艦医の指摘は事実だった。空母〈ベアルン〉に乗るゲルベ・ド・ラフォンド少将は、駆逐艦〈ル・マラン〉〈ル・テリブル〉を護衛に連れ、東方へ退避していた。

逃げたのではない。空襲を危惧しての行動だ。

当初の任務は上陸船団前方の対潜警戒である。ならば貴重な航空母艦を前線に出す必要は薄い。

練習軽巡と駆逐艦を東進させたのは太平洋艦隊に対するポーズの意味合いが大きい。ここで退避しても悪態はつかれまい。

だが、ブルーメール艦長は宣言した。

「ロシュフォート中佐の意見を採用しよう。同盟国の窮地を放置できない。いいか、私たちに帰るべき祖国はない。国土奪還が水泡に帰したいま、最善の選択は太平洋艦隊に恩を売ることだ。ごく近い将来、我らの血がフランス奪回の一助とならんことを……」

＊

「敵甲巡転覆！　繰り返す。ニューオリンズ型と思しきアメリカ甲巡は転覆した！」

捷報に第二砲台は歓喜の渦に包まれた。その場を仕切る実質的な最高権力者である奥田弘三特務少佐も、今回ばかりは笑みを絶やさない。

「よっしゃあ！　上出来や！　あと二隻も、さっさと地獄への特急券を渡してしまえ！」

戦意向上の特効薬は戦果である。単純な事実を再認識させられた有賀幸作大佐は、稀代の大砲屋の労をねぎらうのだった。

「二番、やはり君に任せて正解だった。砲撃開始五分で重巡二隻を屠《ほふ》るとはな」

　会心の笑みを浮かべて奥田が応じた。

「山越えの砲撃は苦手ですが、いまは相手が目視できるんですぜ。しかも、こちらは動かざること山の如しで、距離は約八〇〇〇。これくらい俸給のうちですわ」

　それは謙遜だと有賀は見抜いていた。連装砲であれば公算射撃で確率的に命中弾を得られるが、単装砲は砲手の腕前がもろに出るのだ。

　しかも、敵艦はけっして弱兵ではない。

　接近するアメリカ艦隊のうち、まず屠るべき相手と目されたのは重巡四隻であった。

　いずれもニューオリンズ型だ。条約型の一万トン級重巡としては理想的なデザインであり、合衆国は同型艦七隻を完成させている。

　全長は一七九・二メートルとコンパクトだが、二〇・三センチ三連装砲塔を三基備え、三二・七ノットを発揮可能だ。水上機も四機搭載できる。非常にバランスのとれた軍艦と評せよう。

　第四九任務部隊《フォーティナイナーズ》に残された水上砲戦戦力としては強力な部類だ。マッカーサー将軍は四隻とも第三波《サードウェーブ》の支援にまわしていた。

　全滅した戦艦部隊の代役を演じさせようとしたわけだが、いささか荷が重すぎた。北崎海軍砲台は彼女たちをしたたかに打ち据えている。

　すでに奥田の第二砲台は〈ミネアポリス〉を一撃で屠り、旗艦〈ニューオリンズ〉を航行不能に陥れたあと、転覆に追いやっていた。

　大和型三番艦〈信濃〉に搭載予定だった四六センチ砲である。重巡に対しては過剰なまでの暴力であった。

　残る二隻は反撃に転じ、二〇・三センチ砲弾を乱射してきた。

数発が至近弾となるも、一時的に停電しただけで実害は皆無である。戦艦との殴り合いをも想定して建造された砲座だ。重巡の主砲弾で致命傷を与えるのは、まず無理だ。

「敵四番艦に直撃弾を確認！　我が砲台の戦果に非ず！」

それは第一砲台の手柄だった。戦艦〈伊勢〉から撤去した三六センチ砲だ。

生贄に選ばれたのは四番艦の〈タスカルーザ〉である。細長い二本の煙突の中央に突き刺さった徹甲弾は、一撃でフネの命脈を断ち切った。

轟沈《ごうちん》とまではいかなかったが、瞬時にして火炎が上甲板を覆い尽くし、砲門は沈黙した。戦場における価値は、もはやゼロ以下だ。

「あと一隻！　あと一隻！　あと一隻！」

奇妙な掛け声が密閉された砲座に響く。

相手は大船団ながら、視認できるかぎり脅威対象は重巡四隻だけだった。そのうちの三隻を撃破した。残る標的はひとつだ。

奥田が腹の底から野太い声をあげた。

「主砲砲撃、開始！　目標、敵甲巡！　連中の青い目玉をでんぐり返してやれ！」

第二砲台は激高の雄叫びをあげた。標的まで約七〇〇〇メートル。訓練で飽きるほど撃った北崎の沖合を二〇ノットで進軍中だ。

初弾こそ遠弾となったが、第二射で直撃弾が得られた。前檣楼《ぜんしょうろう》の真下に突き刺さった九一式徹甲弾は、甲鈑を易々と貫通した。

ニューオリンズ型の舷側装甲は、前級のポートランド型が七六ミリだったのに対し、一二七ミリにまで強化されていたが、世界中のすべての軍艦を砕ける四六センチ砲弾の前には、あまりにも無力だった。

痛打されたのはCA‐38〈サンフランシスコ〉である。

就役後、九年が経過し、フネも乗組員も脂の乗りきった頃合いの軍艦であったが、圧倒的暴力の前になす術《すべ》はなかった。

B砲塔の根元から艦内に侵入した徹甲弾は、炸裂と同時に竜骨《キール》を折り、火炎は弾火薬庫を入念に舐め回した。

当然、誘爆が生じた。破壊のエネルギーは艦首を切断し、船足を止めた。浮力が一気に喪失し、〈サンフランシスコ〉は海中へと引きずり込まれていった。

着弾後、沈没までに要した時間は三五秒。八六八名の乗員は全員がフネと運命をともにした。文字どおりの轟沈であった。

「敵甲巡艦隊の全滅を確認」

吉報に万歳の絶叫が轟いた。彼らは自覚していなかったが、それはニューオリンズ型重巡の壊滅も意味していた。

同型艦七隻のうち、去年の第一次ソロモン海戦で〈アストリア〉〈クインシー〉、そして〈ヴィンセンズ〉はすでに沈んでいた。

そして今日、残る四隻も屠られた。結果論だが、日本海軍にとってニューオリンズ型は絶好のカモであったわけだ。

有賀大佐もその事実は承知していなかったが、戦況が一時的にでも好転しつつある雰囲気は肌で感じ取っていた。

「二番、俺は駆逐艦乗りだからわかるが、一二センチ程度の砲弾では、この砲座は傷さえつかん。

駆逐艦は無視してもよかろう。以後は輸送船団を打ち据えよ」

　奥田特務少佐が大きく頷く。

「了解！　しかし、ちと相手が多すぎますなあ。このぶんじゃ三式弾が尽きてしまいますぜ。連合艦隊はいずこにおわすや。水雷戦隊でもいいから、来てくれればええのに！」

　ないものねだりだが、懇願は天に届いた。見張りが友軍到着を叫んだのである。

「北北西に味方艦隊。乙巡三、駆逐艦四！」

　有賀はワトム島の方面だと直感した。そこに潜んでいる部隊はひとつしかない。

「豊田艦隊だな。潜水艦の支援部隊だぞ。あんな小勢で殴り込むのか！」

　直後、その推測を裏付ける電文が舞い込んだ。

『ワレ第七潜水艦隊旗艦〈大淀〉ナリ。コレヨリ砲撃戦ニ参入ス。全艦ワレニ続ケ！』

＊

「北崎砲台が敵重巡を片づけてくれたぞ。いまこそ千載一遇の好機だ。全艦突撃せよ！」

　軽巡〈大淀〉艦長の篠田勝清《しのだかつきよ》大佐が叫ぶ。

　生粋の駆逐艦乗りであり、軽巡〈長良《ながら》〉の艦長を経てこの八月に〈大淀〉に着任したばかりだが、水上砲戦の腕前は悪くない。

「主砲砲撃開始。目標敵上陸船団。先頭のフネを潰し、後続の足を止めるのだ！」

　敵は大小七〇隻以上の艦隊だ。しかし、大軍は一度でも乱れると容易に烏合《うごう》の衆となる。日本海海戦の故事はその事実を教えてくれていた。

　ただし、〈大淀〉は潜水艦隊の旗艦として開発された軽巡洋艦だ。実質的には利根《とね》型のような航空巡洋艦に近く、艦尾側は飛行甲板と格納庫になっている。雷装も皆無だった。攻撃力に過度な期待を抱くのは間違いであろう。

　主砲は六〇口径一五・五センチ三連装砲塔だ。これは最上《もがみ》型重巡が主砲換装時に不要となったものを頂戴していた。なお、戦艦〈大和〉〈武蔵《むさし》〉の副砲にも同じ砲身が使われている。

　前甲板に備えられた二基が吠える。六門と数こそ少ないが、彼我の距離は八〇〇〇を切っていた。当たらない道理はない。

　標的は箱状の構造物を持つ小型のフネだ。

　篠田艦長たちは自覚していなかったが、それは歩兵上陸艦《ＬＣＩ》と呼ばれる新型の揚陸艇であった。

　全長は四八メートル、満載排水量三九五トンと小振りながら、一八〇名以上の歩兵を乗せて一四ノットで走ることができる。

　戦車揚陸艦《ＬＳＴ》と同様、直接砂浜に舳先《へさき》を乗り上げるが、上陸にはギャング・ウェイと呼ばれるタラップを用いる仕組みだ。そのため舳先はＬＳＴとは違い、通常の船舶と同じ形状をしており、航洋力は格段に高かった。

　マッカーサー将軍は第三波《サードウェーブ》に、このＬＣＩを三五隻も投入していた。頭数を確保していたのは、進軍の途中で沈められることをある程度想定していたからだ。

　さすがにマスプロを極めた船だけのことはあり、防御力は皆無に等しかった。

　先頭を駆けるＬＣＩが一五・五センチ徹甲弾の直撃を食らった。朱色の炎が艦尾を焦《こ》がす。

　次弾が箱形の構造物に命中するや、活火山のような大爆発が生じた。哀れな兵士が、天高く吹き飛ばされていく様子までもが望見できた。

破壊の美学が現実化していくさなか、豊田副武大将が命じた。

「脆《もろ》すぎるな。大漁の好機と見なければ。艦長、第一砲塔と第二砲塔は別のフネを狙わせろ。高角砲も射撃開始！」

豊田は大佐時代に軽巡〈由良《ゆら》〉や戦艦〈日向〉の艦長をこなしている。砲撃戦には明るく、機を見るにも敏であった。

号令一下、九八式一〇センチ連装高角砲が火弾を放った。

日本海軍が開発した最新鋭対空火器だ。性能は絶賛されており、〈大淀〉はそれを四基八門搭載していた。

秋月《あきづき》型駆逐艦にも採用された事実が示すように実際は両用砲である。対艦攻撃には非力だが、相手は障子紙のような装甲だ。戦果は稼げよう。

発射速度は、毎分一五発から一九発と抜群に速い。水平に近い角度から放たれた砲弾は、着実にアメリカ製のＬＣＩを打ち据える。

修羅の如く暴れる〈大淀〉に後続艦も続いた。

「二番艦〈長鯨〉および三番艦〈香取〉が撃ち方を開始した模様！」

潜水母艦に練習軽巡である。やや遅れ気味なのは仕方なかった。

二隻はともに一八ノットしか発揮できない。三五ノットで突撃する〈大淀〉に追随しろというほうが無茶である。そして、二隻ともに砲撃戦を想定して図面が引かれてはいない。

偶然だが二隻のシルエットには類似点があった。〈長鯨〉は迅鯨《じんげい》型潜水母艦だが、その船体構造は香取型練習軽巡の設計時に手本とされたのだ。

主砲も同一である。五〇口径一四センチ連装砲が二基。艦のサイズを考えたなら、これでも悪くはないが、圧倒的物量を誇る敵艦隊を前にしては心許ない。

しかし、二隻は的確な射撃を繰り出していく。LCIの群れは、雨あられと降り注ぐ一四センチ砲弾の前には抗《あらが》う手段もなく、ただ数を減らされていった。

「艦長、〈香取〉が戦列を離れます！」

篠田艦長は双眼鏡を七時方向へと向けた。なるほど、練習軽巡は面舵を取っている。だが、それは逃走ではない。攻めの構えだ。

「雷撃戦に打って出る気だ」

豊田大将が短く言った。

まさにそれこそ正解である。〈香取〉は五三・三センチ連装魚雷発射管を片舷に一基ずつ装備してあるのだ。

間を置かず、戦果報告が寄せられた。

「敵輸送艇六隻を撃破！」

吉報だが、慎重派の大和田首席参謀はなお渋い表情を示すのだった。

「こいつは妙ですな。駆逐艦が襲いかかって来ませんぞ。連中が雷撃戦を仕掛けてくれば、苦戦は不可避だと覚悟しておりましたのに」

接近と正比例するかのように、敵艦隊の子細は明らかになっていた。大半は輸送船だが、駆逐艦としか思えない相手が二〇隻はいたのだ。

不安を払拭せんと欲したのか、豊田大将が重低音の声色で断言する。

「来ないなら、こちらから行けばよい！　水雷戦隊、突撃せよ！」

豊田艦隊には駆逐艦が四隻組み込まれていた。

〈島風《しまかぜ》〉〈栂《つが》〉〈響《ひびき》〉〈卯月《うづき》〉である。

先頭の〈島風〉と吹雪《ふぶき》型の〈響〉は新鋭艦だが、睦月《むつき》型の〈卯月〉と樅《もみ》型の〈栂〉はかなりの老朽艦だった。

即席で組まれた水雷戦隊であり、統一魚雷戦の訓練さえまだであったが、四隻はここで目を見張る戦果をあげたのである。

駆逐隊は昼間雷撃戦を挑んだ。出し惜しみをする場面ではないし、乱戦で魚雷に流れ弾でも命中すれば、駆逐艦など吹き飛んでしまう。さっさと雷撃をすませ、身軽になるに限る。

相対距離六〇〇〇で、四隻は発射可能な魚雷をすべて射出した。目標は敵駆逐艦艦隊だ。雷撃戦の応酬を覚悟していたが、相手は散発的に主砲を撃ち返すだけだった。

これには理由があった。相手は一見したところ駆逐艦にしか見えないが、実際は旧型の駆逐艦を改造した高速輸送艦《APD》であった。

母体となったのは第一次世界大戦中に建造された平甲板型《フラッシュデッカー》だ。雷装を全廃し、主缶も二基降ろしてスペースを稼ぎ、一二〇名から二〇〇名の歩兵を乗せられるようにした特務艦である。

代償として武装は七・六センチ単装砲が三基に対空機銃が少々と淋しくなっていた。速度も二五ノットが限界だ。ほかの輸送艦に比べれば俊足だが、本物の駆逐艦とは比較にならない。

もちろん、彼女たちも抵抗はした。戦線に投入された二一隻の高速輸送艦《APD》は、合計三八〇〇名強の歩兵を守るため、各々の判断で反撃を行った。七・六センチ単装砲とはいえ、日本側も駆逐艦である。命中すれば被害は小さくない。

現に雷撃を終え、砲撃戦に移行していた〈栂〉

が損害を受けた。煙突を叩き折られ、魚雷発射管が旋回不能になり、小規模な火災が生じた。

次に〈卯月〉が舳先を撃砕され、速度が一二ノットまで下落した。

だが、十数秒後――敵艦隊のそこかしこに水柱が乱立したのである。

数は一〇本以上だ。〈島風〉と〈響〉が放った九三式酸素魚雷の威力は絶大だったが、〈卯月〉の八年式魚雷も一定の戦果を残した。

撃沈に追いやったのは九隻。ほかにも二隻が行動不能に陥った。

つまり高速輸送艦《APD》の半数を撃破した計算になる。四隻の日本軍駆逐艦は、寡をもって衆を討つの見本をここに示したのだ。

「こいつは大漁だ。弾が足りるかわからんぞ！」

篠田艦長が悦予《えつよ》の表情で叫ぶ。〈大淀〉の首脳陣も同意見であった。

敵艦隊は護衛を喪失したも同然だ。北崎海軍砲台も支援砲撃を実施してくれている。あとは敵機が来ないことを祈念しつつ、ひたすら砲撃を続ければ、第一次ソロモン海戦のような大捷が期待できる。

勝てる。上陸船団を潰せる。ラバウル要塞の堅持は、ここになった。

そんな楽観的観測を叩き潰す報告が届いたのは十数秒後であった。

「北東に敵艦隊！　軽巡四隻が急速接近中。距離一万九〇〇〇！」

4 日仏軽巡の激突

——同日、午前一〇時五分

この瞬間、マッカーサーが送り込んだ第三波《サードウェーブ》上陸船団は破滅の淵にあった。

小規模な豊田艦隊による蹂躙《じゅうりん》を許したのは護衛艦が中途半端だったからだ。

本来なら、カバカウル湾を痛打したデイヨー提督の戦艦艦隊を、そっくりそのまま支隊部隊として派遣する計画だったが、一夜にして八隻が沈むとは想定外すぎた。

上陸予定地点の田浦湾は防備が薄く、奇襲上陸の目算があった。支援も陸軍航空隊で充分だと思われていたふしがある。希望的観測は最悪に近い結果を呼び寄せたのだ。

そこに登場した最後の予備戦力こそ、たった四隻の自由フランス艦隊であった……。

「日本人《ジャポネ》艦隊を発見！　軽巡三、駆逐艦三。アメリカ船団と戦闘中！」

待ちわびた通達が練習軽巡〈ノストラダムス〉のブリッジに流れた。艦長のブルーメール大佐は大きく息をはき出すと、こう告げるのであった。

「諸君、決戦の瞬間が訪れたのだ。祖国フランスが復興するか、それとも没落するかは我らの一挙手一投足に懸かっている。

さあ、恩知らずの東洋の蛮族を粉砕せよ。そして、戦運尽きたならば雄々しく斃れるのだ！」

忘恩を指摘したブルーメールだが、その台詞は嘘ではなかった。江戸末期から明治初期にかけてフランスが日本海軍の発展に協力したのは歴史的事実である。

　まだ揺籃期にあった日本海軍は、技術者として高名な仏人ルイ・エミール・ベルタンを招聘《しょうへい》し、幾多の軍艦を設計させた。また、彼は呉と佐世保の工廠《こうしょう》の建設にも携わっている。

　フランスの協力なしに近代的海軍を短期間で整備することは困難であった。日清戦争の前後からイギリス重視に宗旨替えしたわけだが、それでも恩は感じて当然のはずだ。

　艦医のフォンブリューヌが同意した。

「連中はフランス領インドシナに武装進駐をやらかしましたな。しかも我が祖国の窮地を狙っての暴挙。天に代わり鉄槌を下さねばなりません」

　景気のよい発言を耳にしたロシュフォート中佐だが、彼にもフランス人たちの真意は理解できていた。死を間近にした軍人たちの強がりだと。


　己を鼓舞しなければ、任務の遂行はできない。勝利を勝ち得るのは難しいかもしれないが、戦うことは必ずできる。

「砲術長、標的は日本軽巡だ。突出しているやつは駆逐艦に任せ、本艦と〈ジャンヌ・ダルク〉は後続の二隻を叩け」

　射撃準備は、すでに終わっていた。目標の選定も完了した。〈ノストラダムス〉と〈ジャンヌ・ダルク〉の姉妹は二五ノットで突撃を続け、ついに有効射程圏に入った。

「発射《ティレ》！」

　距離一万四〇〇〇を切ると同時にブルーメールが叫んだ。

　日仏艦隊は、ここに激突したのだ。


　数的不利を実感していたフランス艦隊だったが、

意外にも火力では勝っていた。

練習軽巡とはいえ、ジャンヌ・ダルク型には五五口径一五・五センチ連装砲塔が四基も搭載されていた。一隻あたり八門、二隻で一六門である。

対する豊田艦隊の〈大淀〉は同じ口径が六門。しかも真後ろには撃てない仕様だ。そちら側から襲いかかったフランス艦隊は、一時的ながら優位にあった。

まず狙われたのは〈長鯨〉である。

潜水母艦としては第一級の性能を誇るフネだが、就役後二〇年近くが経過している。防御力を期待するのは無茶な相談であった。

飛来したのは〈ノストラダムス〉の放った徹甲弾だ。それは後甲板をしたたかに打ち据え、後部煙突をへし折った。また、舷側を強打した別の一撃はそこに大穴を穿《うが》った。

反撃に転じる暇はなかった。火災と浸水が同時に生じたのだ。

改装時にバルジを設けて復元力を向上させてはいたが、流水には無力すぎた。〈長鯨〉は左舷に傾斜を始め、船足も落ちていく。

二番艦〈ジャンヌ・ダルク〉が標的としたのは〈香取〉であった。

世にも希有な練習軽巡同士の殴り合いである。〈香取〉は接近するフランス艦隊にいち早く気づいており、反撃は的確だった。

命中弾を与えられない〈ジャンヌ・ダルク〉に対し、〈香取〉は砲術の冴えを披露した。四門の一四センチ砲が唸り、直撃弾が連続した。

練習艦であるため、ジャンヌ・ダルク型の装甲は薄い。弾薬庫に二〇ミリの防御装甲が張られている以外は、丸裸と評しても差し支えない。

見る者に女性らしさ感じさせる優美な船体は、すぐに穴だらけとなった。それを嘆くゆとりなどあろうはずもない。〈ジャンヌ・ダルク〉は己の最期と直面させられたのだった。

二基搭載していた単装の五五センチ魚雷発射管に命中弾が生じたのだ。

距離八〇〇〇以下まで肉薄してから放つために温存していたが、それが裏目に出てしまった。

黒みがかったオレンジ色の光輝が、全長一七〇メートルの船体を舐めつくした。〈ジャンヌ・ダルク〉はその名を頂戴した聖女と同様、火あぶりという運命を課せられたのだった。

しかし、〈香取〉も戦果の代価を求められた。〈長鯨〉を血祭りにあげた〈ノストラダムス〉が、姉の仇討ちを所望してきたのである。

距離は一万を切ろうとしていた。予言者の名を頂戴したフランス練習軽巡は、経津主大神《ふつぬしのおおかみ》を祀る神社にあやかって命名された日本の練習軽巡を手酷く打ち据えた。

一八〇秒間の砲戦で〈香取〉が受けた一五・五センチ砲弾は四発。二発までは直撃に耐えたが、三発目が致命傷となった。

しょせんは練習軽巡だ。皇族や外国使節の受け入れも考慮されていたため、まず居住性に重きが置かれており、装甲は二の次であった。防御力は駆逐艦と同様か、それ以下である。

着弾したのは第二砲塔の手前に位置する一二・七センチ連装高角砲だ。生じた炎は準備中だった対空砲弾の実包を巻き込み、大爆発を起こした。

続いて飛来した一弾が〈香取〉の露命を潰えさせた。前檣楼の後ろ寄りに命中したそれは、一撃で艦橋を丸焼きにしたのである。

艦長の小田為清《おだためきよ》大佐は戦死し、〈香取〉は指揮系統を失った。第一砲塔だけはなおも射撃を継続していたが、やがてそれも止まった。

なぜか浮力だけは維持できており、燃え盛りながらも海面にしがみつく様子は、いじらしさすら感じさせた。

砲火を交えたのは軽巡だけではなかった。互いの駆逐隊も死闘を演じていた。

数だけ勘定すれば三対二であり、日本側に分があるように思える。

しかし、〈島風〉〈響〉そして〈卯月〉は魚雷を撃ち尽くしており、被弾で小破もしていた。新品同様で登場したフランス駆逐艦に優勢が確保できているとは言い難い。

また、姿を現した〈ル・ファンタスク〉と〈ル・トリオンファン〉の姉妹だが、満載排水量は三四〇〇トンと大柄であり、一三・八センチ単装砲を五門も揃えている。

性能的には軽巡に近い軍艦だ。母国では大型駆逐艦もしくは超駆逐艦と呼ばれ、地中海では大いに存在感を発揮していたフネが、南太平洋で牙を剥こうとしている。

二隻のフランス超駆逐艦は三九ノット（！）という恐るべきスピードで接近した。

見るからに雷撃戦へ移行する構えである。

三連装の魚雷発射管を三基も搭載しているが、片舷に向けられるのは二基六本だ。二隻で一二本もの五三・三センチ魚雷が疾走する。雷撃距離は七〇〇〇だ。

それまでに〈ル・トリオンファン〉は砲撃で〈卯月〉を中破に追いやっていた。着弾は前後の甲板に集中し、一二センチ単装砲はすべて砲撃不能となっていた。

すぐさま〈響〉が一二・七センチ連装砲で反撃を強行し、〈ル・トリオンファン〉の第二煙突を砕いた。排気が不完全となり、超駆逐艦の速度は二五ノットまで下落してしまった。

この機を逃すまじと〈島風〉も追撃を加える。〈ル・トリオンファン〉は二隻から猛攻を受け、数分で浮かぶ火葬場に変貌したのである。

しかし、フランス製の魚雷が〈響〉の艫《とも》に襲いかかった。基準排水量一六八〇トンの船体は起爆と同時に前後左右に揺らぎ、艦尾と推進力が失われた。戦闘力と浮力を全損するのも、そう遠い未来の話ではなさそうだ。

こうして満足に戦える日仏駆逐艦は〈島風〉と〈ル・ファンタスク〉のみとなった。両者ともに四〇ノット近くまで加速できる韋駄天だ。

両雄は互いに戦意をむき出しにすると、相対距離一〇〇メートル以下という凄まじい肉薄戦を演じきった。

結果は共倒れだった。

〈島風〉も〈ル・ファンタスク〉も艦橋を狙撃され、互いに艦長以下全員が戦死し、戦闘単位として寄与し得なくなってしまったのだ。

そして、生き残った〈大淀〉と〈ノストラダムス〉の死闘が始まろうとしていた……。

「機関全速、取り舵三〇。なんとしてもフランス軽巡の後ろに食らいつけ！」

篠田大佐が鋭く叫ぶ。

すでに〈大淀〉でも敵艦が星条旗ではなく、三色旗《トリコロール》を海風に靡《なび》かせている事実を認識していた。

日本海軍が建造した最後の軽巡は、敏捷に加速するや、舳先を左に曲げた。

　フランス軽巡までの距離は六〇〇〇。すべての砲口が指向され、きらびやかな火箭が空を焦がす。

　無論、相手も同様だ。〈ノストラダムス〉もこちらの手の内は読んでいた。後甲板に主砲がない事実を知ると、なんとか艦尾側に回り込もうとしている。

　二隻の艨艟《もうどう》の航跡は大蛇を連想させた。ハブとマムシが互いの尻尾に噛みつこうとしているかのように、洋上に円を描いている。

　先に命中弾を与えたのは〈ノストラダムス〉であった。一五・五センチ砲弾が二発、〈大淀〉の艦尾に命中し、全長四四メートルのカタパルトを木っ端微塵にした。

　だが、艦尾をつかまえるレースでは、速度で勝る〈大淀〉が優位に立った。〈ノストラダムス〉は二五ノットと練習艦にしては軽快だが、一〇ノット以上も速い本物の軽巡とは勝負にならない。

「このまま尻を蹴れ。後甲板の砲座さえ潰せば、本艦は安全圏から一方的に撃てる！」

　篠田艦長の野心的すぎる台詞に従うかのように〈大淀〉は六門の一五・五センチ砲を連射した。二発が〈ノストラダムス〉の後部マストを襲い、あっさり倒壊へと追いやった。衝撃でターレットが歪み、後部の主砲二基は旋回不能となった。

　相手が〈ジャンヌ・ダルク〉ならば凱歌をあげられたかもしれない。だが、〈ノストラダムス〉は純粋な同型艦ではなく、改ジャンヌ・ダルク型とでも称すべき強化版だった。

　装甲も要所に施されており、七・五センチ単装高角砲は八門と倍増されていた。破壊力には乏しいものの、速射性は凄まじく、〈大淀〉は手傷を負った。

　倍に増えていたのは対空火器だけではない。五三・三センチ単装魚雷発射管も四基に増強されており、時間差をつけて適宜、射出された。

「雷跡！　一一時方向！」

　危機にいち早く気づいた見張り員が叫ぶ。篠田艦長は面舵を命じた。

　かろうじてフネは首を右へと回し、被雷の危機は回避できたが、状況は悪化してしまった。〈ノストラダムス〉の前甲板の主砲二基はまだ砲撃可能であり、〈大淀〉は相手の射角に顔を出す格好になってしまったのだ。

　距離は四〇〇〇を割り込んでいた。もはや肉薄戦に近い間合いだ。

〈ノストラダムス〉の放った四発の徹甲弾が立て続けに〈大淀〉の艦首で炸裂した。四方にめくれあがった前甲板は、裂けたバナナを想起させる形状になり果てた。

　このまま前進を続ければ流入する海水が隔壁を破り、あっという間に沈没してしまう。危機管理に長けた篠田艦長の判断は素早かった。

「すぐにフネを止めるんだ！　停船確認後に後進強速、黒二〇《ふたじゅう》！」

　その直後、〈大淀〉の命運を決める一撃が押し寄せた。第二砲塔の基部に直撃弾が生じたのだ。

　閃光が甲板を疾駆し、緋色の火炎が全艦を覆い尽くしていく……。

「日本軽巡に大火災を確認！」

　耳あたりのよすぎる一報に〈ノストラダムス〉のブリッジは大いに沸き返った。

　味方も敵も損害をこうむったが、戦闘可能なフネが一隻でも生き残っているほうが勝ち名乗りをあげられる。この瞬間、自由フランス艦隊は覇者たる資格を得た。

ブルーメール艦長も艦医フォンブリューヌも、そしてロシュフォート中佐さえもが、燃える敵艦に優越感を味わっていた。

だが、戦場の女神は常に気まぐれである。この日もそうだった。彼らの運気を吹き飛ばすだけの圧倒的衝撃が訪れたのだった。

一切の前触れなしに〈ノストラダムス〉は百万の雷鳴に見舞われた。

巨人の腕にわしづかみにされたかのように、六五〇〇トン弱の軍艦が前後左右に揺さぶられた。ブリッジの面々は全員が床に投げ出され、四肢の随所を強打した。

ロシュフォートは異様な熱波が周囲に立ち込めていることに気づいた。咳き込みながら立ち上がると、艦橋から後方に視線を向けた。

異様な風景が展開していた。艦橋構造物のすぐ後ろから艦尾にいたるまでが更地になっていた。二本あった煙突さえ跡形もなく消え果てている。

中央部には士官候補生用の甲板室があり、客船のようなたたずまいを醸し出していたが、防御面からいえば弱点そのものだった。

敵弾はそこを粉砕したのだ。上甲板が飴細工のようにめくれあがり、機械室の一部がむき出しになっていた。

ブルーメール艦長が起き上がると、

「よく竜骨が折れなかったものだな。しかし、これでは戦闘続行は不可能だ。針路北へ。消火が完了するまで戦線を離脱する」

と宣言した。継戦を求める声はなかった。誰もが理解していたのだ。フネが、もうもたないと。

　やがて主砲と機関から連絡が入った。揚弾装置が不調につき射撃続行は困難。速度も一二ノットしか出せない。

　腰を強打したフォンブリューヌが、ようやく体を起こすと、顔を歪めながら訊ねた。

「いったいなにごとだ？　本艦は〝恐怖の大王〟にでも襲われたのか」

　首を横に振りながら艦長が答えた。

「破滅が訪れたのは本艦だけで、まだ人類が滅亡したような兆しはないね。しかし、一撃でここまでの破壊を演出するとは。敵弾は巡洋艦のそれではなく、戦艦搭載砲だろう」

　ロシュフォート中佐は指をラバウルに向けると、正解を叫ぶのだった。

「間違いない。要塞砲だ。まだ無力化できていなかったのか！」

　敗者の運命を課せられた〈大淀〉からも、敵の軽巡が被弾炎上する瞬間は望見できていた。

「北崎砲台の四六センチ単装砲ですぞ！」

　大和田首席参謀が場違いな叫声を発するや、豊田大将も頷いて言った。

「うむ。徹甲弾ではなく、対空用三式弾だろう。もう一撃で沈むだろうが……」

　その先を続けることはできなかった。新たなる爆発が左舷側に生じ、装甲鈑の裂け目から黒煙が漏れ始めた。微速後進を続けていた船足が、ついに止まった。

「鎮火および傾斜復旧の見込みなし」

　最悪の報告だが、篠田艦長は決心が固まっていたのか、実に機械的に応じた。

「総員退去。全員上甲板へ」

脱出を指示する最終命令を下した篠田艦長は、豊田へ振り向くと声をあげた。

「長官、本艦の最期は本職が看取ります。どうか御退艦を。生還し、連合艦隊司令部に一部始終を伝えてください。〈大淀〉は奮戦したと……」

涙声の懇願だが、豊田は拒絶するのだった。

「その務めは大和田君に任せたい。私は私にしか果たせない務めがある。艦長、君には悪いが靖国へ出向くのは私ひとりで充分だと思う」

大和田と篠田が言葉を尽くしたが、豊田は翻意を拒絶し、こう絞り出すのだった。

「敵はフランス艦隊だったね。明治の御代、帝国海軍勃興に尽力してくれた大恩ある国だ。彼らと刺し違えることができて本望だよ」


二等巡洋艦〈大淀〉が沈没したのは一〇時三五分のことであった。豊田副武大将はフネと運命をともにし、壮烈な最期を遂げたのである。

*

「敵の沿岸砲は、あれから撃ってこないな」

戦場から脱出しつつある〈ノストラダムス〉のブリッジに、ロシュフォート中佐の安堵した声が流れた。

「もはや本艦を脅威対象ではないと見なしているのか。それとも……」

ブルーメール艦長が思いのたけを口にする。

「おそらく地上部隊が制圧してくれたのだ。生き残りの輸送船団も、これで無事が確保されたと考えられる。そう信じて、フネの維持に全力を尽くすべきだ」

すでに〈ノストラダムス〉はラバウルを尻目に退避を続けていた。ニューアイルランド島の海岸線が見える。最悪、その浅瀬に座礁して沈没だけは免れるつもりだった。

応急修理班から朗報が入った。どうやら鎮火に目途がついたらしい。速度は九ノットまで落ちているが、脱出の可能性に生き残った水兵たちの士気は大いにあがった。

とは言え、被害は甚大だ。ドック入りがかなったとしても、軍艦として復活できるかは微妙である。また乗組員六四八名のうち、無傷な者は半数にも満たない。

「ムッシュ・フォンブリュース、我らのこの状況を偉大な予言者は見透かしていなかったのかな」

ロシュフォートの呟きに艦医は応じた。

「ありますとも。この四行詩《カトラン》です」

指し示された古書には、こんな詩編が記されていた。

第一巻三五番

若輩者の獅子が老いた獅子を打ち負かす
一騎打ちの勝負のなかで
金色の籠のなかの目玉を突き刺すだろう
二艦隊で勝つのはひとつ　無惨な死が訪れる

「以前はノストラダムスが仕えた国王アンリ二世の死を予言したものと思われていましたが、我らの置かれた立場に酷似していますな。

軍艦の一騎打ちで、若き我らが老いた敵を討ち果たしたではありませんか。日本人は無惨な死と直面したわけですよ」

相変わらず牽強付会《けんきょうふかい》がすぎる解釈だ。そう思ったロシュフォートだったが、横からブルーメール艦長が口を挟んだ。

「我らが勝利したなど、誰が強弁できるものか。ノストラダムスの真意などわからない。けれども私は思う。老いた獅子とは、むしろ我々を指してはいないだろうか……」

連合軍が〝ワトム島沖海戦〟と名づけた戦いは、合衆国にとって大きな負債となってしまった。

戦後、フランス大統領に就任したシャルル・ド・ゴールが、国土復興費として無利子で多額の融資をアメリカからせしめたのは、この勝利を主張したためと噂されている。

その後の戦局を思えば、やや過剰評価の嫌いもあるが、フランス艦隊が一矢《いっし》を報いた事実は歴史に記録されるべきではあろう。

だが、この勝利を覆い隠して釣りの出るような惨劇が、連合軍を待ち受けている未来を読み解いている者は、誰ひとりいなかった。

三七七年前に世を去った予言者を除いて……。

第3章
キャノン・カーニバル

1　エネミー・チェイサー
――一九四三年一二月七日
午前一一時五分

軍事作戦における成功の秘訣は先手必勝だ。

特に空母戦では、その傾向が顕著である。

二一世紀の現代でも航空母艦《エアクラフト・キャリア》は打たれ弱い存在のままだ。第二次大戦当時のそれに強靱さを求めるのは酷な話だった。

飛行甲板に穴が開けば戦闘力を全損してしまう軍艦である。先に発見して一方的に叩けば、完全勝利も夢ではない。

日米機動部隊の指揮官は、その原理原則を熟知していた。だからこそ索敵を極端なまでに重視し、敵空母の発見に全力を投入した。

その努力は、互いの艦隊を同時に発見するという形で結実した。発進は日本側が若干早かったが、攻撃隊が到着する前にアメリカ側も出撃を終えており、先手・後手の優劣が顕著に表面化することはなかった。

そして現出したのは無益極まる消耗戦だ。この場合、勝敗を決定づける与件が〝数〟であることに異論を挟む者など、まずいないだろう。

質が伴わない数など烏合《うごう》の衆なり。そう酷評する輩《やから》はたいていの場合、貧乏である。数とはすべての瑕疵《かし》を埋め合わせてくれる要素なのだから。

だが、質的劣化に目をつむって強襲に出た場合、戦果は得られても完勝を逃す事例は存在する。

今回がそうだった。小澤艦隊へと襲いかかったアメリカ海軍航空隊のパイロットは、全員が熟練の域に達しているわけではなかった。

機数こそ揃えたが、初陣の搭乗員もかなりの率で含まれていたのである……。

*

急降下爆撃機が奏でる怪鳥のような雄叫びは、聞く者の頭蓋に不協和音として響く。それが敵機であれば、なおさらだ。

小澤艦隊上空に出現したアメリカ製の艦上爆撃機は、出迎えた零戦の銃口をかいくぐり、ダイブに着手した。笑いを誘うまでに巨大な垂直尾翼が特徴的な複座機だった。

「敵機急降下。機数二〇、急速接近中！」

旗艦〈翔鶴〉の航海艦橋に見張りの金切り声が流れたが、居合わせた面々に焦《あせ》りはない。

狙われているのが別の航空母艦だと理解できていたためである。冷淡なようだが、人間は自分が安全圏にいると判断できたとき、きわめて客観的に物事を観察できるものなのだ。

小澤治三郎中将は双眼鏡を右舷に向けた。一五キロ東にいる乙部隊に破滅が迫っている。

約一五分前に〈飛鷹〉が敵艦爆の洗礼を浴び、直撃弾一発を受けていた。増設していた石鹸水放出式の消火装置が奏効し、短時間で消火には成功したものの、中破と判断せざるを得ない。

そして、次に狙われるのは同型艦の〈隼鷹〉であろう。

接眼レンズの彼方に煙突と一体化した島型艦橋が確認できた。その頭上に胡麻粒のような機影が迫っている。

空母のみならず、航空戦艦〈伊勢〉と〈日向〉も必死に対空砲火を撃ち上げているが、命中弾は得られない。

星条旗の描かれた新鋭艦爆が三機、逆落としに入った。悪魔の累卵《るいらん》が引力に導かれて落下する。二発は回避したが、一発だけ避けきれなかった。島型艦橋の数倍に匹敵する火柱が噴き上がる。

「直撃弾！〈隼鷹〉に命中弾！」

血なまぐさい報告に表情を歪めたのは松原博《まつばらひろし》艦長だった。

「あれは客船を改造した母艦と聞いております。本艦のような防御力は期待できませんな」

松原は〈翔鶴〉の四代目艦長だが、就任後まだ三週間しか経過しておらず、フネに知悉《ちしつ》しているとは言い難い。

それでも歴戦艦の〈翔鶴〉が打たれ強いフネである事実は、松原も承知していた。珊瑚海と第二次ソロモン海戦において、被弾しつつも生還できた幸運な空母であると。

彼自身は水雷畑を歩んできた生粋の駆逐艦乗りであり、前職は軽巡〈阿賀野《あがの》〉艦長だ。操艦技術は一流だが、航空戦の見識は高くない。

それを自覚している松原艦長は、艦載機の運用を航空参謀に丸投げしていた。その任にあたる樋端中佐が冷静に返す。

「敵編隊は乙部隊を集中攻撃しております。城島《じょうじま》少将がご無事ならよいのですが……」

艦長の言葉に、小澤がすぐさま反応する。

「通信参謀、すぐに〈飛鷹〉と連絡を取れ。指揮系統が潰えていれば乙部隊全艦が危機に陥る」

幸いにして城島高次《たかつぐ》少将は無傷であり、すぐに被害報告を寄こしてきた。

『敵戦爆連合六〇機の空襲を受け、〈隼鷹〉および〈飛鷹〉は飛行甲板を損傷。消火と修理に尽力中なるも状況は楽観視できず。本職は機を捉えて将旗を〈龍鳳《りゅうほう》〉に移し、引き続き乙部隊の指揮を執らんとす！』

その一報は第三艦隊甲部隊の幕僚たちを安堵させたが、樋端航空参謀は首を傾げるのだった。

「アメリカさんにしては攻撃が手ぬるいですな。雷撃隊の姿が見えないのも気になります」

小澤が確認を促した。

「丙部隊は無事か」

第三艦隊は甲部隊、乙部隊　丙部隊に分かれ、三つの輪形陣を形成していた。

その中でも軽空母三隻で構成された丙部隊は、北東へ八〇キロも突出している。非情なようだが、被害を吸収させるための生贄であった。

「丙部隊旗艦〈瑞鳳〉より入電。事前報告どおり四五分前に電探にて敵編隊を探知せるも、肉眼で機影を見ず。我らいまだ健在なり！」

その指揮官は大林末雄少将だ。各航空隊の指揮官を歴任してきた飛行機屋である。発言の信用度は高いと判断してよい。

「敵索敵機の動きから判断し、見逃しがあったとは思えません。意図的に丙部隊を無視したのではないでしょうか」

樋端の声に小澤も同調する。

「標的は大型空母のみ、というわけか。危険を無視して本命から攻めるとは、敵さんも焦り始めているのではないかな」

「昨日と今朝の空襲で、我らが戦果を稼いだのは確実ですからね。インデペンデンス型軽空母三を撃破し、エセックス型も二隻中破に追い込みました。撃沈を確認した空母はありませんが、現場が混乱しているのは疑う余地もありません。

大規模な空襲は何度も仕掛けられぬと判断し、正規空母のみを狙ってきたのでしょう」

「正攻法で護衛のフネから潰した我らとは事情が違うわけか。ならば〈翔鶴〉〈瑞鶴《ずいかく》〉も危険だと判断するしかあるまい」

小澤が発した不吉な言葉は、すぐ現実となった。

対潜警戒のため、約六〇キロ先に配置していた駆逐艦〈雪風《ゆきかぜ》〉が通報してきたのだ。

『雷撃機大編隊を発見。少なくとも五〇機以上。北東より低空を接近中！』

即座に松原艦長が大声で命じた。

「総員へ告ぐ。敵機来襲の公算大なり。対空戦闘準備をなせ。総員の大和魂を結集し、この大難を乗り切るぞ！」

スプルーアンス艦隊の放った攻撃隊は、戦爆連合二五五機の大編隊であった。

戦闘機F6F‐3〝ヘルキャット〟が八一機、急降下爆撃機のSB2C〝ヘルダイバー〟およびSBD‐3〝ドーントレス〟が九八機、そして艦上攻撃機TBF‐1〝アヴェンジャー〟が七六機という陣立てである。

出撃前にパイロットたちは奇妙なブリーフィングを受けていた。第一次攻撃に全戦力を集中し、日本空母を沈めよ。第二次攻撃はないと思えと。

違和感を覚えるしかなかった。昨夕の空襲で軽空母〈ベロー・ウッド〉〈カウペンス〉を大破に追い込まれてはいたが、まだ正規空母五、軽空母三が生き残っている。

たしかにラバウル空襲で艦載機の三割強が撃墜されるか、帰艦後に修理不能と判断されていた。それでも小澤艦隊を壊滅させられるだけの兵力は維持できている。輪形陣外縁部の駆逐艦から順序よく潰せば、全空母の撃沈も夢ではない。

だが、スプルーアンス中将はその選択肢を選ばなかった。

大型空母全艦を撃沈すると大見得を切った彼であったが、現状と次の一手を慎重に検討した末に、目標の下方修正を受け入れた。

必ずしも沈める必要はない。ただし、正規空母四隻を一撃で必ず行動不能に追い込むべしと。

各攻撃隊の指揮官はその徹底を求められた。


日本空母艦隊が三つのグループに分かれているのは索敵情報で把握できていた。先鋒には雑魚の軽空母しかいない。狙うべきは後続の二艦隊だ。

先発した急降下爆撃隊は、乙部隊の〈飛鷹〉および〈隼鷹〉を痛打し、相応の傷を負わせた。

後続する雷撃隊の目標は、小澤中将が直率する甲部隊以外にあり得ない。

新鋭のアヴェンジャー雷撃隊は大柄な翼を連ねて進軍を継続していた。接敵に失敗したグループもあり、襲撃に着手できたアヴェンジャーは五二機であった。

連中は二手に分かれ、〈翔鶴〉〈瑞鶴〉へと襲いかかってくる——。

「一一時方向に敵雷撃機、三〇機以上。距離一万九〇〇〇！」

脅威の登場を宣言する見張りの声で、〈翔鶴〉の航海艦橋は瞬時に最前線へと変貌した。

しかし、幕僚たちに過度な焦りはない。覚悟を決める時間が与えられていたためだ。

昭和一七年初夏の段階で〈翔鶴〉には二号一型対空電探が装備されており、運用にも目途がついていた。敵編隊の接近と勢力は把握できており、奇襲の効果など皆無である。

「直掩隊が急行中。数秒後に接敵します！」

甲部隊は〈翔鶴〉と〈瑞鶴〉から合計三六機の零戦を発進させ、上空支援に従事させていた。

戦闘機乗りたちの技量は一定の水準に達していたが、それでも完璧な迎撃戦を展開することは難儀である。

日本空母にはアメリカのような戦闘指揮所《CIC》は未装備であったし、また三六機を丸ごと雷撃機対策にまわすわけにもいかぬ。ミッドウェーという苦い経験によって、アメリカの急降下爆撃の脅威は骨身にしみていた。

しかし、航空戦の第一人者である樋端中佐は、この状況で大胆すぎる提案を口にしたのだ。

「長官、すべての零戦を雷撃隊に向かわせてください。本艦直上に急降下は来ません」

小澤が冷静な口調で訊ねた。

「専門家の意見は尊重したいが、そう断言できる根拠は？」

「乙部隊を襲撃したのは急降下爆撃機のみです。雷撃機を投入すれば撃沈できたはずなのに。そうしなかった理由はひとつ。敵将は我々の正規空母を沈めるのではなく、一撃で戦闘不能に陥れようと企んでいるのです」

松原艦長が早口で聞いた。

「つまり、分散攻撃というわけか」

「そうです。まずは航空戦力のダメージを狙い、優勢を確保する気でしょう。軽空母のみの丙部隊を見逃したのも、大型空母に集中するためだったと推測できます」

　航空参謀の言い分には説得力こそあるが、結局は博奕《ばくち》である。小澤はさすがに迷い、こう思うのだった。

　ギャンブルを好む山本長官ならば、どうするだろうかと……。

（この状況でいちばんの悪手は〈翔鶴〉〈瑞鶴〉が二隻とも撃破されることだ。それを避けるためには賽子《さいころ》を振らなければならぬか。片方だけでも無傷で生き残れば、打つ手はまだある。

　それにしても、一本の魚雷、一発の爆弾で艦載機が運用不能となり、無用の長物と化すとはな。空母というやつは難儀なフネだよ。

　今作戦に新鋭の〈大鳳《たいほう》〉は間に合わなかったが、あの装甲空母がいれば、だいぶ話は変わっていたかもな……）

　自虐気味な考えに浸りつつも、小澤中将は迷いを断ち切るために命じた。

「樋端中佐の策を採用する。零戦全機を雷撃隊に向かわせろ。絶対に本艦を死守するのだ！」

　結果論ながら、小澤の選択は正しかった。

　先行した半数の零戦隊はヘルキャット戦闘機との巴《ともえ》戦に巻き込まれており、敵雷撃隊には一指も触れられなかったのだ
　零戦五二型には三式空一号無線電話機が装備されており、旧式の無線機と比較して、円滑に司令部の意志を伝達できた。

高高度で待機中だった一八機は逆落としをかけ、アヴェンジャーの群れに牙を剥いた。

標的は二九機。空母〈エセックス〉を発進した第一六雷撃飛行隊《VT16》と〈ヨークタウンⅡ〉が放った第八雷撃飛行隊《VT8》の面々である。

新手の零戦隊はその横っ面を張り倒した。二〇ミリと七・七ミリの機銃を用いた狩りが始まる。ここで半数強のアヴェンジャーが撃墜されるか、脱落して遁走した。

意外な真実だが、スプルーアンス艦隊が出撃させた雷撃隊の練度は必ずしも高くない。

ミッドウェーやガダルカナルを戦った歴戦パイロットは、約半数がアメリカ本土に指導者として赴任するか、休暇に入っていた。投入された搭乗員のうち、四割強は新人だ。

訓練こそ積んでいたが、やはり実戦とは勝手が違いすぎた。零戦に襲撃されるや、適当な方向へと魚雷を発射し、お役御免とばかりに逃亡したアヴェンジャーも少なくない。

もしこの空母決戦が半年後、すなわち昭和一九年の初夏であれば、様相は変わっていたかもしれない。ベテラン・パイロットのローテーションを考えれば、その頃が技量のピークに達していたであろうからだ。

だが、数は力であり正義である。かろうじて零戦の銃口から逃れ出たアヴェンジャーは、日本空母へと疾走する。各艦の対空火器がそれを撃ち落とすべく、業火を撃ちまくった。

ここで効力射を放ったのは〈金剛《こんごう》〉であった。

同型艦の〈榛名《はるな》〉は乙部隊に配属されており、甲部隊唯一の戦艦となった彼女は、連装四基八門の三六センチ主砲を水平に構え、対空用三式弾を吐き出した。

ガダルカナルのヘンダーソン飛行場を猛射した際に用いた弾であり、砲員も運用に慣れていた。ショットガンにも似た散弾の効果は絶大で、三機のアヴェンジャーが粉々になった。

カウントの方法にも左右されるが、〈金剛〉はいちばん多くの米軍機を撃破した日本戦艦なりと激賞される資格はあるだろう。

ほかにも重巡〈羽黒《はぐろ》〉と軽巡〈能代《のしろ》〉が体を張って撃ちまくり、二機をしとめた。

空荷なら時速四一〇キロ前後まで発揮できるアヴェンジャーは、雷撃機にしては俊敏だが、全幅一六・五一メートル、全長一二・四八メートルとワイドサイズで、対空砲火の標的にはうってつけであった。

だが、それでも撃ち漏らしはあった。一三機が勇敢にも距離三〇〇〇まで迫ると、次々に魚雷を投下した。

海底を進む銛《もり》が、空母という巨鯨を襲う。やはり狙われたのは〈翔鶴〉だった。

「左舷前方の敵機、魚雷を投下しましたッ！」

「取り舵いっぱいだ！　艦首を魚雷の進行方向へ向けよ！」

松原艦長の命令が響いたが、三四ノットという高速で駆けている〈翔鶴〉はなかなか回頭しようとしない。じれったいほどの時間が流れ、やっと舳先《へさき》が首を振りはじめた。

迫り来る雷跡は四本。それらが間一髪のところで舷側をかすめたときには、さすがの小澤治三郎も滝のような冷や汗を流すのだった。

しかし、幸運は同型艦には訪れなかった。十数秒後、後方一五〇〇メートルで対空戦闘を展開中だった〈瑞鶴〉に悲劇が訪れたのである。

　青黒い水柱が一本だけ右舷艦尾に生えた。雷撃機アヴェンジャーが勝ち得た戦果であった。

　翔鶴型空母は前級の〈飛龍《ひりゅう》〉よりも防御を重視されていた。防御材は実に二一六〇トン。弾火薬庫の強化はもちろんのこと、舷側にも一六五ミリのNVNC甲鈑を張り、被雷に備えている。

　缶室部には三〇ミリの防御縦壁など区画を五つも準備し、そこを部分的に重油タンクに活用していた。一種の液体防御だ。計算上、四五〇キロの炸薬に耐えられる仕組みになっているが、やはり期待値と現実は必ずしも一致しない。

　二番艦〈瑞鶴〉に突き刺さったのは〝リングテール〟と呼ばれる新型の魚雷だ。評判の悪かったMk13型を強化したもので、信頼性はかなり向上していた。もちろん破壊力もだ。

「〈瑞鶴〉より入電。本艦被雷す。浸水おびただしく、右舷に八度傾斜す。ただし火災は生ぜず。反対舷に注水し、復元を試みる……」

　小澤は苦虫を数十匹も噛み潰したような顔をした。これで〈瑞鶴〉には戦力外通告を出すしかない。

「敵機編隊が撤退していきます！」

　数時間ぶりに耳にした安堵できる報告だったが、第三艦隊幕僚の表情は一様に暗い。この状況では米軍機を撃退したと強弁するのは無理がありすぎるし、連中の再来は必至だ。

　まずは状況を整理しなければならない。小澤はすぐさま命じた。

「通信長、〈瑞鶴〉の菊池《きくち》艦長を呼び出せ。発揮速力の見込みが知りたい」

　すぐに菊池朝三《ともぞう》大佐の声が電話から流れた。

『長官、申し訳ありません。尻をやられました。

機関は無傷ですが、塩水を飲み過ぎましたから船足は落ちます。現状で二二ノットが限界です』

空母経験の長い菊池艦長の言葉には嘘も間違いもあるまい。小澤中将はそう直感し、命令するのだった。

「対潜駆逐艦を二隻つける。〈瑞鶴〉はすみやかに西方へと退避したまえ」

『待ってください。飛行甲板は無事です。傾斜さえ復元すれば艦載機の離着艦はできます。本艦はまだ戦えます！』

「三〇ノット出ないフネはいらん！」

小澤は一方的に通話を打ち切ると、海図台へと向かった。敵艦隊の位置と予測針路を素早く検分すると、航空参謀に問いかける。

「樋端中佐、敵将が我が艦隊から距離を取ろうとしているのは確実だな」

「ええ。まるで逃げているかのようです。ならばどうしましょうか」

「決まっているだろう。〈翔鶴〉は無傷の丙部隊と合流し、アメリカ機動部隊を追跡する！」

2 バッテリー・ファイト

——同日、午後一時

北崎海軍砲台は、時計の針が正午を指すと同時に無言の行に突入していた。

攻め手の指揮官であるマクスウェル・D・テイラー陸軍少将にとって、この状況は当惑を抱かせるものであった。

第三波《サードウェーブ》の上陸作戦における安全確保のため、沿岸砲の破壊を命じられていたわけだが、日本軍が沈黙を保ってくれるのであれば、犠牲は無益となってしまうではないか。

　聡明すぎるテイラーには、己の存在意義《レゾンデートル》が薄れていく現実が読み取れていた。もはやここは血を流すべき戦場ではなくなりつつあるのだろう。

　勇敢な闘士であるチップ・モロー少尉も、それを肌で感じ取ったようだ。

「師団長閣下、こりゃ無理攻めをしなくてもいいんじゃないですかね？　砲弾が尽きたか、砲身がイカれたかしたのでしょうよ」

　誘惑を断ち切るかのようにテイラーは返した。

「後戻りは許されん。先鋒はすでに敵の防衛線と激突しているのだ。無力化が絶対命令である以上、是が非でも破壊しなければならない」

　簡易的なタコ壺に身を潜めていたテイラーは、双眼鏡で九〇メートル先の最前線を凝視する。

　海岸線に鎮座する砲座《バッテリー》の手前には塹壕《トレンチ》が設けられていた。現在、尖兵がそこを攻略中だ。

　戦闘はアメリカ側に優勢だった。

　第一〇一空挺師団は屈強なアメリカン・ソルジャーで構成されており、実戦経験こそ少ないが、戦意は極上にまで高められていた。

　相対する日本兵は陸軍兵ではなかった。海軍陸戦隊約三〇〇名だ。横須賀鎮守府第六特別陸戦隊に所属する水兵である。

　彼らも勇猛だったが、陸戦の訓練を重ねる余裕はなく、また装備も充分とは言えなかった。本職の陸軍兵士と正面切って戦うのは分が悪すぎた。

　やがて捷報が無線で舞い込んだ。

『こちら、突撃部隊のヘンリー・ジェイソン軍曹。塹壕は制圧したが当方も被害甚大。半数がやられた。ジャップは心臓が止まるまで抵抗をやめない厄介な相手だ。早いところ増援を！』

「こちらはテイラー少将だ。そこから砲台までの距離を知りたい。障害物は、もうないか」

師団長が相手と知ると、ジェイソン軍曹は丁寧な口調に切り替えてきた。

『サー。目算で約六〇メートル前後であります。日本兵も障害物も見えませんが、立て札のような代物がたくさん見えます』

「なんと書いてあるのだ?」

『残念ながら読めません。日本語なのです』

テイラーは立て札を引き抜いて持ってくるよう指示した。一〇分と経たないうちに運ばれてきたそれには、墨汁でこう書かれていた。


キケン! コノ先ニ地雷アリ!


師団長が日本語の読み書きができる事実は誰もが承知しており、モロー少尉が問いかけた。

「これが字ですかね。未開部族の模様にしか見えませんが、なんと書いてあるんです?」

「地雷《マイン》が敷設してあるらしい」

反射的にモロー少尉は、無線通信手のブリックメイヤー二等兵に怒鳴った。

「ジェイソンに連絡。動くなと伝えろ!」

緊急指令が飛ぶ横で、テイラーは強い違和感を抱いていた。

友軍への注意喚起であろうが、敵が攻め寄せるときに立て板を放置するものか。もしかすると悪辣《あくらつ》な罠かもしれない。いや、その可能性がきわめて大だ。

「モロー少尉、兵を集結させて前進させるのだ。これは時間稼ぎのブービートラップにすぎない。警告はフェイクで、地雷などありはしない」

前線指揮官は表情を歪めて反論する。

「ですが、確認をしませんと。二時間ください。匍匐《ほふく》前進のうまい奴に地面を探らせますから」

「そんな余裕はないぞ。我らは一刻も早く巨砲を破壊し、沿岸線を西進して第三波《サードウェーブ》と合流しなければならん。時間を浪費すれば、ラバウル市街からジャップの逆襲を食らう」

モロー少尉も表情を変えた。士官として置かれた状況を把握したのだ。

第一〇一空挺師団は姉山の中腹に降下し、稜線を越えて北上した。同じことを日本軍がやらない保証はない。そうなれば不利だ。古来より高みを得た軍勢が裾野の相手を撃破した例など、いくらでもある。

「もうやられる前にやるしかありませんな。了解です。部隊を前進させます。ただし、俺も最前線に行かせてもらいますよ」

責任感に溢れたモロー少尉の態度を前にして、拒絶などできるはずもなかった。テイラーにしてやれるのはバックアップだけだ。

「装備品は遠慮するなよ。あるだけ持っていってよろしい」

「では火炎放射兵を借ります。砲塔内に突入する際に鉄扉を焼き破りますので」

「手榴弾も忘れるな。回転盤の歯車の溝を壊してしまえ。旋回できなくすれば、それでいい」

勇敢なモロー少尉は、てきぱきと二〇名ほど部下を指名すると、タコ壺を飛び出した。

制圧した塹壕に飛び込み、五分間だけ打ち合わせを行うと、間を置かず突撃が始まった。野獣のような咆哮を張りあげ、M1ガーランドライフルを抱えた若き兵士たちが駆け出していく。

地雷原らしき領域に入ったが、爆発など起こらない。やはりブラフだったようだ。

巨大な砲身を誇らしげに構える沿岸砲は、遠目にもパワフルに見えた。

十数名もの日本兵がその周囲を固めていたが、吶喊《とっかん》に怖じ気づいたのだろうか、全員が防護扉の中へ消えていく。

お陰で出入り口の在処《ありか》が明白になった。モローたちの攻撃隊のうち、M１／M２火炎放射器を背に担いだ火炎放射兵が、めらめらと燃える筒先をそちらへ向ける。

その直後であった。

勝手に休火山と決めつけていた砲台が、前触れなしに活火山へと姿を変えたのだ。

テイラー少将は目撃した。モロー少尉が率いる一〇〇名以上の部下が、衝撃波で四方八方へ吹き飛ばされる悪夢的光景を。

大和型戦艦に搭載された九四式四五口径四六センチ砲は、文句なしに世界最大の艦載砲であり、発射時のショックもまた尋常ではなかった。

爆風は内火艇を破壊するレベルであり、それは艦内の格納庫に収納されていたほどである。また、発射時には機銃員を退避させねばならない。

鶏やウサギを実際に甲板に並べて試射を行ったが、哀れにもすべて原形をとどめないレベルで死んでしまった。

人体もそうなることは想像に難くない。三連装と単装砲の違いはあるが、衝撃波は規格外の一言である。

砲座から一〇メートル内外にいたアメリカ兵たちは、爆風でまとめて煉獄《れんごく》へと送還されてしまったのだ……。

テイラーは無知と不徳を大いに恥じた。

　情報将校として己の能力を過信し、師団長就任要請にも自信を持って快諾した彼だったが、実戦は机上の案とは違いすぎた。

　要塞砲や沿岸砲に関する知識にも乏しく、出さなくてよい犠牲を出してしまった。生還できたとしても軍法会議は必至だろう。

（日本人は、やはり汚いな。息を殺して一網打尽にするチャンスを待っていたとは。手持ちの兵器では破壊は不可能だ。ならば軍用機か戦車の応援を頼み、悪夢にピリオドを打たなければ……）

　しかし、悪夢はなおも継続した。後方から突発事態を知らせる絶叫が響いてきた。

「戦車だ！　戦車が出たぞ！」

　信じられなかったし、信じたくなかった。だが、認めるしかない現実である。第一〇一空挺師団に戦車は一輌も配備されていない。

　上陸を開始した第三波《サードウェーブ》が援軍を寄こしてくれたのかと錯覚したが、登場した鉄牛はアメリカ製のそれとは明らかに異質な思想のもとに設計されていた。

　菱形に似た形状の車体に細い履帯、愛らしささえ感じさせる短砲身の主砲。そして側面に描かれたライジング・サンの紋章は、黄色人種が乗車している事実を示していた。

　不格好な戦車は主砲と機銃を乱射しつつ、海岸線を突進してきた。たいした重火器を持っていないアメリカ兵は抗《あらが》う術《すべ》もなく、次々になぎ倒されていった。

「戦車で山越えは無理だ。連中はいったいどこから来たのだ⁉」

テイラーの独白にはすぐに解答が与えられた。新たなる敵戦車が山腹のくぼみから、いきなり出現したのである。


非現実的な風景を現出させたのは、実に現実的な策であった。

トンネルである。

日本軍はラバウル市街の北部、具体的には海軍病院の麓から姉山をくり抜き、全長三キロの隧道《ずいどう》を完成させていた。

要塞構築に際し、もっとも重視されたのが連絡線の確保であった。街道整備はもちろん、空爆に強い地下道の建造も推進されていた。

その総延長は、実に一二〇キロ超にも及ぶ。

姉山トンネルは最難関の工事だったが、逃走路として絶対に必要だった。ラバウル市街が陥落の危機に直面した場合、司令部は田浦湾から洋上脱出する計画だったのだ。

その幅は車が通れるように、最狭部でも二五〇センチが確保されていた。

そして、海軍陸戦隊が運用する八九式中戦車の全幅は二一八センチ。アメリカ陸軍のＭ４中戦車と比較すると四四センチもスリムである。ぎりぎりだが、どうやら通行は可能だった。

北崎砲台の戦場に参入したのは一二輛である。守備に従事する歩兵同様、横須賀鎮守府第六特別陸戦隊に所属する部隊だが、投入を強く主張したのはラバウル航空艦隊を率いる高須四郎《たかすしろう》海軍中将であった。

ラバウル防衛に燃える彼は、市街戦で八九式中戦車の活躍を目の当たりにしており、旧式ながらも対歩兵戦には有効と主張したのだ。

熱弁をふるうさなか、高須は胸を押さえて斃れた。実は彼の体は病魔に蝕まれており、心臓が極端に弱っていたのだ。

人事不省に陥った高須は、そのまま海軍病院に担ぎ込まれたが、戦車投入の意思は陽報となって現れたのだった。

当時、海軍陸戦隊は乙型と呼ばれるタイプを保有していた。

甲型がガソリンエンジンであるのに対し、乙型はディーゼルだ。軽油で動くため、火炎瓶攻撃を受けても炎上しにくい。対戦車装備を持たない落下傘兵には最適な兵器だった。

抵抗手段を持たないアメリカ兵たちは、無惨にもひたすら蹂躙《じゅうりん》されていく……。


「全軍撤退だ。ブリックメイヤー二等兵！　攻撃隊に引き上げ命令を出せ！」

陸軍内部の権力闘争の場を生き抜いてきたテイラーは、さすがに機を見るに敏であった。

これ以上、ここにいても得るものはゼロである。犠牲を最小限にして総退却すべきだ。

「将軍、逃げろと言われてもいったいどこへ？」

半泣きの通信兵をテイラーは怒鳴りつけた。

「山だ。もう一度、登山をやる。あれだけ木々に覆われていれば戦車は登れまい。

これは戦場離脱でも責任放棄でもない。第五航空軍に空爆を要請して戦車を潰すのだ。その後で部隊を再編制し、総攻撃にかかる！」

3　タンク・マスト・ゴーオン

――同日、午後一時一五分

　地面という二次元を這う陸軍部隊は、三次元的な運動を可能とする飛行機には脆《もろ》い。

　陸の王たる戦車も、また例外ではない。無人の曠野《こうや》を駆ける鉄塊も上部装甲は意外に薄く、戦闘機の機銃弾で射貫かれるケースも多々ある。

　ただし、そう簡単にはいかない。戦車は機動兵器だ。時速三〇キロ超で突っ走る四メートル程度の物体を、時速二〇〇キロで飛ぶ飛行機から狙撃するのは、やはり至難の業《わざ》だ。

　一網打尽にするためには戦車部隊の足を止める必要があった。要塞戦を演じきるためには、その準備も調えておかなければならない。

　そして、専守防衛を標榜する日本軍に一切の手抜かりはなかった……。

　第一波《ファーストウェーブ》として上陸した第二海兵師団は、機甲戦力を先頭に西進を続けていた。

　主力はＭ４中戦車〝シャーマン〟である。水陸両用戦車部隊第二大隊に所属する三七輛だ。

　正確には、そのＡ２型だった。Ｍ４シリーズは航空機用のガソリンエンジンが使われていたが、量産が続き供給が追いつかなくなっていた。

　そこで、ゼネラル《Ｇ》モーターズ《Ｍ》製のディーゼルエンジンの転用が検討され、実際に完成したのがＡ２型というわけである。

　被弾に強く、性能的に問題はなかったが、アメリカ陸軍は頑ななまでにガソリンエンジンを信奉しており、全面採用にはいたらなかった。

Ａ２型はイギリスやソ連への支援兵器とされ、余剰品が海兵隊にまわされていた。

偶然の一致だが、海軍陸戦隊の八九式中戦車乙型もディーゼルエンジンである。ラバウル要塞戦で活躍した日米の戦車は、双方とも軽油を用いて駆動していたことになる。

Ｍ４Ａ２の履帯は全速回転し、時速三五キロで三一トン強の物体を前進させていた。

随伴歩兵はいない。まずは進軍優先だ。防衛拠点は迂回し、後続の部隊に包囲させるにとどめている。ドイツ陸軍の電撃戦を研究し尽くした末に編み出した戦術であった。

ラバウル第二の都市であるココボは無人かつ無防備であり、あっさり通過できた。最大の難関になると判断されていた南崎砲台も、昨夜の対艦砲撃戦で損害をこうむったのか、反撃らしい反撃はしてこなかった。

午後一時一五分、戦車第二大隊はココボ道へと突入した。唐美湾に沿って北上する全長八キロの幹線道路だ。

走破すれば西吹山の麓に達する。そこには今村均《いまむらひとし》中将が指揮する第八方面軍司令部が置かれている事実をマッカーサーはつかんでいた。

勢いに任せて敵の脳髄を潰せば、ラバウル征服はなったも同然である。

だが、目指す西吹山まで残り二キロの地点で、Ｍ４の履帯は強制停止させられた。露骨な障害物が設置されていたのだ。

コンクリート製の四角錐である。高さは一二〇センチ。それが海岸線から雑木林まで一五〇センチの間隔で隙間なく敷設され、ココボ道を閉塞していた。

それ自体はよくある対戦車兵器だ。ドイツでは〝竜の歯〟と呼ばれ、国境線に配備が始まっているらしい。同盟国の日本に似たような代物が存在してても奇妙ではないだろう。

封鎖帯はひとつだけではない。二〇〇メートル先にも似た形状の人工物が軒を連ねていた。二重、三重の防衛線を準備している様子だ。

事前情報では存在が指摘されていなかった邪魔物である。本来なら除去は工兵の任務だが、時間がなかった。先鋒のＭ４Ａ２が停車し、徹甲弾を放った。

頑丈だが、しょせんはコンクリートだ。七五ミリ砲弾が数発命中すれば砕け散ってしまう。手間はかかるが排除はできる。そのはずだった。

突如として復讐の火蓋が切って落とされた。

飛来した徹甲弾がＭ４Ａ２の履帯を引きちぎり、行動不能に追いやった。

砲弾の飛来元は意外な場所であった。第二列の竜の歯だ。外見は第一列のそれと大差ないが、凝視すれば違うとわかる。

まず、四角錐ではなく六角錐だ。大きさは二種類。大は一片が四五〇センチ、小は二五〇センチの鉄板で構成されている。

遠近法によるトリックで近くに見えていたが、実際は四〇〇メートル彼方にあった。

スライド式のドアと大きな切り窓は、無人ではない事実を雄弁に告げている。

それは竜の歯ではなかった。似た形をした鋼鉄製トーチカだった。そして、窓から突き出された円柱こそ、Ｍ４Ａ２を行動不能に追いやった火砲であった。

一式機動四七ミリ砲である。帝国陸軍が投入した新型対戦車砲だ。

欧米のそれと比較して口径こそ小さいが、一式徹甲弾を用いた射撃では、距離五〇〇メートルで六五ミリの装甲鈑を貫通できた。

Ｍ４中戦車の車体正面装甲は六三ミリである。当たりどころによっては撃破可能だった。

鋼鉄製トーチカに集結した一式機動四七ミリ砲の総数は、実に一六門。そして、同数が西の山間部に埋伏していた。

戦車の側面装甲は正面に比較して薄い。Ｍ４の場合、最厚でも四五ミリしかない。横っ面を殴り飛ばされた米戦車は次々に擱座していく。

日本軍の対戦車戦術は単純明快であった。Ｍ４中戦車を自陣深くにまとめて誘い込み、交通渋滞を引き起こして殲滅《せんめつ》するのだ。

ドイツからアイディアを頂戴した竜の歯の敷設がうまくいくかどうかが鍵だったが、工兵隊が一晩でやってくれた。

独立第一三工兵特務隊を率いる佐藤大輔《さとうだいすけ》中尉は間に合うと即答し、昨夕から不眠不休の難工事に挑戦。午前一一時までに全作業を完了させた。

間一髪だったわけだが、一式機動四七ミリ砲が自重八〇〇キロと対戦車砲としては軽便であり、人力でも動かせたことが大きかった。この戦車砲がＭ４中戦車の阻止に効果をあげたのである。

それだけではなかった。間をあけずに二の矢が天からやって来た。

交通渋滞を引き起こしたココボ道に天雷めいた轟音が響き渡った。現れたのは陸軍航空隊の九九式襲撃機である。

特筆すべきセールスポイントのない固定脚機であったが、別にこれという欠点もない。雷撃以外のすべての任務部隊をこなす万能機であり、稼働率も非常に高かった。

ラバウルへは空母〈雲鷹《うんよう》〉で運搬され、一九機が稼働状態にあった。

空爆に参加したのは四機。いずれもケラバット川に隣接する北飛行場から飛来した機体である。

和製スツーカの異名を誇る複座機で、急降下も得意とするが、ここはあえて緩降下爆撃が選択された。装備は五〇キロ陸用爆弾四発であり、面制圧が狙いだったからだ。

立体機動を得意とする飛行機は、平面の動きしかできない地上軍には強い。

快調な進軍を続けていたM4中戦車は、次々に骸《むくろ》を曝していった。

彼らは罠に嵌《は》まったのだ……。

＊

ココボには日本海軍が潜水艦司令部を設置していた。防弾も考慮されたコンクリート製の建築物である。

そこにマッカーサーが前線司令部を設置したのは当然の成り行きであった。

仕掛け爆弾などはなかったが、機密資料などはすべて焼却されており、目新しい情報を入手するのは無理だった。

ただし、残された軍事設備から日本の並々ならぬ覚悟と準備をうかがい知ることはできた。なかでもマッカーサーを驚嘆させたのは海岸に設けられたトンネル状の施設だった。

魚雷発射基地と水雷艇格納庫である。

前者は日本海軍が射堡《しゃほ》と呼ぶものであり、沿岸から六射線の魚雷を放つことができた。ただし、工事が間に合わなかったらしく、魚雷は搬入されていない。

後者は完成品だった。沿岸に簡便なシェルターを設け、魚雷艇を格納できるようにしたものだ。まだ非武装ながら無傷の魚雷艇も接収できた。

これらの報告を受けたマッカーサーは、警戒のレベルを数段階あげた。彼は危機察知能力に長けており、その嗅覚は超一級であった。

「将軍、戦車第二大隊との連絡が不調です」

補佐官のリチャード・K・サザーランド少将が怪訝《けげん》な表情で告げた。

「街道上の障害物を排除するとの一報がありましたが、その後は通信が途絶えております」

沈黙するしかないマッカーサーの手元に悪しき続報が舞い込んだ。

「第二歩兵連隊のシャウプ海兵大佐より至急電。ジャップの戦車隊が出現。砲兵隊の支援が必要と判断する！」

マッカーサーはすぐさま地図を確認した。

第二歩兵連隊は南崎砲台の包囲を終え、すでに一部の兵士が戦車第二大隊を追って西進を開始していたはずである。

「ココボ・ロードですな。日本軍は、ここを決戦場に定めたようです」

サザーランドが地形略図を指さして言った。

「敵戦車はジャングルに潜んでいたのでしょう。こちらのM４を足止めし、歩兵のみを機甲兵力で叩く気です。まったく第五航空軍のケニー少将はなにをやっているのだ！」

それは言いがかりに近かった。友軍の航空隊はオーダーどおりに空爆を続けていた。

早朝からＢ24〝リベレーター〟やＢ25〝ミッチェル〟といった爆撃機が繰り返し飛来し、ジャングルを焼き払っているのだ。

ただし、日本軍の西飛行場とトベラ飛行場が活動を続けており、放置もできなかった。空爆が中途半端なものに終始したのは、航空兵力を分割したことに起因していた。

実状を知るマッカーサーは、注意を陸上戦力のみに向けることにした。

「日本人はやはり悪辣だ。怪しいとは思っていたのだよ。幹線道路が不自然なまでに整備されているのは、戦車戦を想定した結果であろう。相手はタイプ97か？」

九七式《タイプ97》中戦車なら、恐れるべき相手ではない。ガダルカナル島で手合わせは終わっており、戦車同士の殴り合いでは楽な相手だ。

「シャウプ海兵大佐に確認を取りますが、間違いないでしょう。より弱小な九五式《タイプ95》軽戦車かもしれませんが」

「戦車第二大隊と連絡を取り、南下させて撃破したいが、難しいだろうね」

「無線は不通のままですぞ。シャーマン戦車隊も戦闘中ですから、おいそれとはいきません」

「ならば仕方がない。第二歩兵連隊に、勇戦あれと通達せよ」

そう言い放ってから、マッカーサーはサザーランド少将に耳打ちするのだった。

「リック、司令部を洋上に戻す必要が生じるかもしれない。言いにくいが、内密に撤収準備にかかってくれ」

4 アイアン・シーサーペント

——同日、午後一時五五分

北崎海軍砲台第二砲台に詰める日本兵は煩悶《はんもん》の極みに置かれていた。

よく戦ったのは事実である。座礁した米戦艦にも引導を渡せたし、上陸船団もかなりの数を地獄に送った。

死んだふりを決め込み、無用心に接近してきた敵落下傘兵を爆風と衝撃波で吹き飛ばしたときは、胸のすく思いだった。

勢いに任せ、残存する上陸船団を打ち据えたものの、午後二時前に砲台は完全に沈黙した。

砲弾が尽きてしまったのだ。

もともと九一式徹甲弾を三六発、三式弾にいたっては一八発しか運び込めておらず、試射で一定数を浪費していたため、実戦に投入できる数は限られていたのである。

「せめて、もう一《ひと》太刀《たち》！」

奥田弘三特務少佐が歯噛みして叫んだ。

「まさに髀肉《ひにく》の嘆なり。敵の揚陸船団は田浦湾に群れ集っているのに、手出しできんとは！」

全員の意思を代表する砲塔長の声に、有賀幸作大佐も無念さを抱くしかなかった。

現状で第二砲台はウドの大木そのものだ。カモフラージュはすでに効力をなくし、飛行機からは丸見えのはずである。

三六センチ単装砲を準備した第一砲台は空爆にやられ、旋回が不能となっていた。砲弾はまだあるが、照準できないのでは意味がない。

敵の落下傘兵は陸戦隊の八九式中戦車が撃退し

てくれたが、再来は必至だろう。現在、砲塔内部には三九名が詰めているが、これで白兵戦を展開しても瞬殺されるのがオチだ。

　こうした場合、陸軍では砲塁操典に基づいた行動をすべしと厳命されていた。

　堡塁を自らの手で破壊する際は、砲員も一緒に自爆し、運命をともにするのが是とされていたのである。

　真似をするのはたやすい話だ。しかし、犠牲は少ないほうがいいだろう。

　海軍でも軍艦が沈む場合、艦長は羅針盤に体をロープで固定するのが不文律とされている。ただ、乗組員を脱出させるのも指揮官の義務なのだ。

　有賀はマイクを握り、放送を始めるのだった。

「総員に達する。現時点をもって任務放棄。姉山トンネルを通過してラバウル市街へと脱出せよ。二番、きみを撤退の責任者に任命する」

　砲術の大家は、すぐ有賀の真意に気づいた。

「逃げるんだったら、あんたが指揮すればええわ。まさかとは思いますが、この四六センチ砲と心中する気じゃないでしょうな！」

「誰かが死に水を取ってやらんといかんだろう。俺にはその権利と義務がある」

「ワシも残りますぜ。我が子同様の巨砲《おおづつ》が死ぬのなら、一緒にいてやらんと」

「駄目だぞ。大元帥陛下が賜られた御勅諭を知っていよう。上官の言葉は誰の言葉だ？」

　絶句するしかない奥田特務少佐であった。絶対服従こそ軍隊の屋台骨であり、その名前を出されて首を横に振れる者など、帝国海軍にはいない。

「どうだ、二番！」

　追い討ちに頭を垂れるしかない奥田だった。

「はっ。無念ですが……退去します」

涙ぐむ奥田特務少佐と、その肩に手をやる有賀大佐には、単なる上官と部下の関係を越えた厚い絆が如実に存在していた。

二人がやりきれない感情の高ぶりを持て余していたときだった。砲塔の外で頑張っていた見張りから電話で吉報が届いたのだ。

『御味方到着！　友軍艦隊が来ましたッ！』

弾かれたように有賀と奥田はハッチを抜け出た。海風の吹き荒《すさ》ぶなか、視界を沖合に向ける。

見えた！

ワトム島の右手に特徴的なパゴダ・マストの群れが蠢《うごめ》いているではないか。

「絶対に間違いないですぜ。ありゃあ……」

「うむ。〈大和〉と〈武蔵〉だ。後ろに〈長門《ながと》〉もいる。帝国海軍最強の水上砲戦部隊だ！」

突如現れた鋼鉄の大海蛇《アイアン・シーサーペント》たちは無遠慮に主砲を放ち、ここに狩りが始まったのである――。

第4章
大艦巨砲の絶頂と終焉

1　破壊の宴

――一九四三年一二月七日
午後二時

タルサ作戦は瓦解の瀬戸際にあった。

最後の希望であった第三波《サードウェーブ》上陸船団も、豊田艦隊の突進と北崎砲台からの砲撃により大打撃を食らい、戦力は四割弱にまで落ち込んでいた。

それでも船団は田浦湾を目指した。撤退命令は発せられていなかったし、散発的だが沿岸砲から攻撃を受けているのだ。逃げる場所などない。

指揮官のラルフ・スミス陸軍少将は死中に活を求めようと欲していた。

かろうじて生き残った歩兵上陸艦《LCI》と高速輸送艦《APD》が捨て鉢で砂浜に突っ込み、第二七歩兵師団の戦士たちを吐き出した。

尖兵として選ばれたのは四〇〇〇名だが、すでに二五〇〇名以上は水没しており、残りは四割にも満たない。午後には倍の増援が来る予定だが、この状況でマッカーサーが作戦続行を承認するかは疑問符がつく。

補給物資を搭載した輸送船は多くが撃破され、食糧や重火器はもはや諦めるしかない。手持ちのM1ガーランドライフルと戦闘糧食だけが頼みの綱だ。ここは一秒でも早くラバウル市街へとなだれ込み、兵糧を強奪するしかない。

田浦湾に防御陣地など形成されていなかった。日本軍はラバウル全土で水際防御を放棄していたのである。

隣接する赤根崎《あかねざき》にも高角砲陣地が存在したが、空爆で破壊されており、反撃はなかった。大口径の沿岸砲が完全に沈黙して以降、上陸作業そのものは順調と思われた。

だが、安堵の時間は長く続かなかった。水平線の彼方から絶望の凝縮体が登場したのだ。

日本海軍が世界に誇る戦艦部隊である。

＊

「長官、全砲門発射準備完了しました。本艦は、いつでも敵陣に鉄槌を下せます！」

濁声《だみごえ》を発したのは艦長の朝倉豊次《あさくらぶんじ》大佐だ。

彼の瞳は狩人のそれに酷似していた。狙いを定めたハンターは、狩猟解禁の瞬間を待ちわびているのだ。

第一艦隊司令長官古賀峰一《こがみねいち》大将は、荒ぶる駿馬をなだめるような心持ちで確認した。

「田浦湾に陸戦隊の陣地はないのだね」

「ありません。陸軍兵も民間人も存在しません。お膳立ては完璧です」

ややあって、後続の四戦艦からも次々に戦闘準備完了を告げる声が連打する。

『コチラ殿艦《しんがりかん》ノ〈扶桑《ふそう》〉。旗艦発砲マダナリヤ』

『ワレ〈山城《やましろ》〉。攻撃命令ヲ強ク望ムモノナリ』

『中堅ノ〈長門〉。射撃開始ノミヲ求メントス』

『二番艦〈大和〉。復讐ノ好機ヲ逃スベカラズ』

督促の嵐に古賀も覚悟を決めた。

「よろしい。ならば殲滅戦の火蓋を切れ！」

大きく頷いてから朝倉艦長は叫ぶ。

「主砲発射一〇秒前。目標、敵輸送船団。総員、衝撃に備えよ！」

永遠と思われるような秒読みが続き、やがて爆裂音が轟いた。視野の大部分が発射炎の朱色で塗り潰される。

ここに戦艦〈武蔵〉は猛獣のような咆哮をあげ、華々しく初陣を飾ったのである……。


田浦湾の北西に姿を見せたのは戦艦五、軽巡一、駆逐艦四隻で構成された第一艦隊であった。

歴史と伝統に彩られた部隊だが、戦艦を多く抱える編制であるため、対米開戦後も瀬戸内からはあまり動かず、訓練に従事することが多かった。ついた渾名が柱島艦隊である。

しかし、此度《こたび》はすべてを賭した大海戦なのだ。留守番など許されるはずもない。日本海軍は投入可能な全戦艦を惜しげもなく投げ込んだ。

新生された第一艦隊は、旗艦〈武蔵〉を筆頭に〈大和〉そして〈長門〉が続き、〈扶桑〉〈山城〉が殿を固めていた。

航空戦艦〈伊勢〉〈日向〉と高速戦艦〈金剛〉〈榛名〉を小澤艦隊に供出しているため、これが残存戦力のすべてである。

戦艦五隻による単縦陣での突入だ。これに軽巡〈多摩《たま》〉および駆逐艦〈風雲《かざぐも》〉〈秋雲《あきぐも》〉〈薄雲《うすぐも》〉〈長波《ながなみ》〉らが追従している。

第一艦隊による殴り込みは、要塞防衛戦の初期段階から構想されていた。

小澤艦隊がアメリカ空母部隊を戦場から引き剥がしたのち、折を見てラバウルに飛び込み、艦砲で輸送船団を撃滅するという計画であった。

　他力本願な一面は否めないが、運命の歯車が奇跡的に噛み合った結果、砲撃戦の機会を得られたのである。

　標的は徴用した民間船が大多数だ。歩兵上陸艦《LCI》と駆逐艦改造の高速輸送艦《APD》もいたが、どのフネも装甲など皆無だった。徹甲弾を撃てば命中しても信管が作動せず、舷側を突き破ってしまう。

　よって各艦は三式通常弾を準備していた。射撃開始距離は二万四〇〇〇。もっと遠距離からの砲撃も可能だが、対空用の砲弾としてはこの間合いが適切だろう。

　四六センチ砲用の三式弾には、燃焼ゴム入りの弾子が九九六個詰まっており、それらが放射状に弾け飛ぶ。

　着発式が確実だが、ガダルカナル島のヘンダーソン飛行場を〈金剛〉がその設定で砲撃した際、不発弾があまりにも多すぎた。

　そこで、今回は時限信管が用いられた。

　相対距離から綿密に起爆のタイミングを調整された三式弾は、敵船舶の頭上で四分五裂となり、破壊の饗宴を演出した。

　飛行機をなで切りにするための散弾だが、装甲なき船舶にも有効だ。熱せられた弾子が漏斗《ろうと》状に広がり、そこかしこに小穴を穿《うが》ち、可燃物を着火させ、地獄絵を描き出す。

　旗艦発砲を合図に二番艦〈大和〉が続いた。二四ノットで続航しつつ、三連装三基九門の四六センチ砲が盛大に放たれた。

　一番艦〈武蔵〉は大型輸送船を標的にしたが、〈大和〉は高速輸送艦《APD》の生き残りを狙った。遠目には駆逐艦にしか見えず、煙幕を張られたら厄介だと、艦長の大野《おおの》竹二《たけじ》大佐は判断したのだ。

　吠える二戦艦だが、ここで効力を発揮したのは意外にも副砲であった。

　昭和一八年末の段階において、大和型戦艦には三年式一五・五センチ三連装砲塔が四基据えられていた。

　フネの中心軸上に二基と両舷に一基ずつだ。片舷には最大で九門が向けられる計算になる。

　先に突入した軽巡〈大淀〉と同様、最上型重巡の主砲をリサイクルしたものだ。ただし、砲塔は新規に設計されており、形状は異なっている。

　六〇口径という長砲身から放たれるため初速に優れており、距離二万から一〇センチの装甲鈑を貫ける。

　三式弾や榴弾も準備されていたが、まず徹甲弾が用いられた。駆逐艦レベルの標的なら破壊対象として最適なのだ。

　発射速度も驚嘆すべきレベルだった。次弾装填では砲身を七度に下げる必要はあるが、それでも一二秒に一発の割合で連射ができる。四五秒ごとにしか撃てない主砲よりも、この場面では副砲のほうが効率的に打擲《ちょうちゃく》できた。

　三番艦〈長門〉も、やや遅れて射撃を開始した。連装四基八門の四一センチ砲が、やはり三式弾を射出する。片舷九基の単装一四センチ副砲群も、華々しく火弾を投げ飛ばした。

　尾部に位置する〈扶桑〉と〈山城〉の老嬢は、主砲口径こそ三六センチと参加した戦艦ではいちばん小さいが、門数は連装六基一二門ともっとも多く、手数で戦果獲得に貢献した。

　また、副砲は一五センチ単装砲が一四門と、口径では〈長門〉のそれを上回っており、これまた盛んに砲弾を撃ち放っている。

敵の反撃は皆無だった。すでに護衛艦艇は壊滅状態であり、戦艦五隻の乱入に対し、なす術《すべ》などなかった。それを見切った古賀大将は、海岸へのさらなる接近を命じた。

距離一万を切った段階で、各艦の高角砲も撃ち始めた。やがて対空機銃もそれに続いた。

乱射という単語がこれほど似合う光景はなかった。鋼鉄の化身たちは君命に基づき、破壊神としての真価を存分に発揮した。

全艦の全砲門が第三波《サードウェーブ》の残存戦力へと指向され、死の歌を大合唱する。鉄の飛礫《つぶて》が宙を切り裂き、輸送船を片っ端から残骸へと変貌させていく。

獲物はいくらでもいた。大艦巨砲の武力の前に防御を無視して建造された船舶など、完全に無力だった。

そして田浦湾の海岸線では、それ以上の惨劇が展開されていた。

徹甲弾と三式弾と榴弾が雨あられと降り注ぐなか、人体はあまりにも脆《もろ》く、華奢《きゃしゃ》であった。異次元レベルの美しさを誇る波打ち際は、肉片と鮮血が入れ混じった無気味な色に変色し、吐き気をもよおす異臭で満たされた。

血と硝煙が鼻をつく死の謝肉祭が開催された結果、アメリカ陸軍第二七歩兵師団の尖兵たちは、総員玉砕という運命を享受するのみであった。

＊

「こいつは戦闘というよりも狩猟だな」

駆逐艦〈風雲〉の艦橋で呟いたのは吉田正義《よしだまさよし》大佐だった。

歴戦の駆逐艦乗りである彼でも、これほどの大戦果を叩き出す現場に居合わせたのは初めてだ。興奮と憐憫《れんびん》が入り混じった表情で、吉田は燃える敵船団を見据えていた。

（狩りでさえないな。一方的な鏖殺《おうさつ》そのものだ。戦争とはいえ、勝つためとはいえ、ここまでの死を強要しなければならないとは……）

単純に喜ぶ気にはなれなかった。まだ継戦中である以上、数秒後には我が身に同じような災厄が襲ってくると覚悟しなければならぬ。駆逐隊司令という重責を担っているからには、大局から物事を観察する必要があった。

この秋まで〈風雲〉艦長だった吉田だが、その地位を橋本金松《はしもとかねまつ》少佐に譲り、新編成された第九九駆逐隊の隊司令に就任していた。

通称、ラバウル駆逐隊である。南方戦線の経験が豊富な〈風雲〉〈秋雲〉〈薄雲〉〈長波〉の四隻で、秋口に臨時編成された部隊だ。

吉田は大湊《おおみなと》警備府参謀兼津軽要塞参謀への転属が打診されていたが、前線勤務を強く望み、それがかなえられていた。

ラバウル駆逐隊は花吹山の西側にある松島港を母港とし、対潜警戒に従事していたが、マッカーサーの襲来前にラバウルの在泊艦艇は大半がトラック島へ引き上げており、第九九駆逐隊もひとまず転進していた。

連合艦隊の前進基地で受けた任務が戦艦戦隊の護衛であった。軽巡〈多摩〉と合流し、対空対潜警戒に従事せよというのだ。

最前線へ舞い戻るわけだが、〈多摩〉で指揮を執るのが栗田健男《くりたたけお》中将とあっては、吉田も奮起せざを得なかった。

栗田はガダルカナル島をめぐる戦いで名を馳せ

た提督である。ヘンダーソン飛行場を〈金剛〉と〈榛名〉の主砲で叩き、撤退作戦でも支援活動に汗を流してくれた。

第一四戦隊司令官に着任するや、自らが死地に飛び込む作戦に手をあげてくれた。度胸に溢れた人物であるのは確かだ。敵艦を目前にして、転舵するような真似は絶対にしないだろう。

吉田大佐は思った。この人の下でならば、死すとも悔いはないと。

「居るべき敵船がいなくなりましたぞ。これでは雷撃戦の準備が無駄になりますな」

神妙な面持ちのまま、橋本駆逐艦長が言った。彼は〈白露《しらつゆ》〉から着任したばかりで、戦意に溢れている。酸素魚雷を撃てないのが残念でならない様子だ。

「無駄になったほうがいいさ。これ以上の出血を強制すれば、鬼ですら哭《な》くだろう」

吉田がそう告げた直後であった。思わぬ通達が〈多摩〉から寄せられた。

「栗田中将より通信。全駆逐艦は雷撃戦即時待機のまま、本艦に続航せよ」

これは想定外の命令だった。敵輸送船団は壊滅状態にある。貴重な魚雷を撃ったところで無駄になるだけだ。

しかし、見張りの次の報告で吉田の表情は激変するのだった。

「旗艦に転舵信号ですッ！　左舷回頭開始！」

このとき〈風雲〉は、ほかの三隻を先導する格好で〈多摩〉に追随していた。先頭が舳先をめぐらした以上、続かなければ艦隊が維持できない。

橋本艦長が反射的に命じた。

「遅れるな。取り舵いっぱいだ！」

傑作駆逐艦の誉れ高き夕雲《ゆうぐも》型に属する〈風雲〉は実に身軽で、転舵も素早かった。〈秋雲〉〈薄雲〉〈長波〉も一糸乱れずに続く。

　右に傾く艦橋で踏ん張る吉田は、ようやく真相に気づくのだった。

「艦長、見張り員に左舷を念入りに監視させろ。連中は田浦湾に視線を吸引されていたのだろう。たぶん北から何か来るぞ……」

　予感と推理は的中した。数秒後、敵襲を告げる凶報が舞い込んだ。

「九時方向、距離三万五〇〇〇にマスト六本！」

2　戦艦激突

——同日、午後二時三〇分

「諸君、残念ながら一歩遅かったようだ」

第五〇任務部隊・第七群を率いるウィリス・Ａ・リー少将は、無念さを隠そうともせずに告げた。

　中国人を連想させる丸眼鏡越しに、第三波《サードウェーブ》が上陸していたはずの海岸を見据える。

　そこは煉獄の溶鉱炉と化していた。確認できるのは業火と鉄塊だけだ。その狭間には肉片もあるだろうが、想像すらしたくなかった。

　殺戮の犯人はすでに露見していた。ＳＧ型水上レーダーと目視観測により、日本戦艦五隻がキャッチされていたのだ。

　戦艦〈アイオワ〉初代艦長のジョン・Ｌ・マックリー大佐は、状況を冷静に見据えていた。

「全滅か、それに等しい打撃を受けていますな。司令、ここで戦闘に参入する意味は薄れたのではないでしょうか？　我らには護衛戦闘機の支援がありません。日本海軍機の攻撃を受ければ苦戦は必至ですぞ」

艦長の言葉は正論そのものであった。

戦艦部隊がラバウル北方へ急派されたのは、巨砲をもって制海権を奪取し、上陸船団の安全を確保するためにほかならない。

守護すべき対象物が海の藻屑となってしまった以上、いまさら日本艦隊を叩いても復讐以外の効果は生むまい。もう引き上げたほうが賢明だ。

後悔がリーを襲った。

二七ノットしか出ないサウス・ダコタ型の四隻など放置して、〈アイオワ〉〈ニュージャージー〉だけで急行すれば、あるいは間に合ったかもしれない。

現実を認識していたリーだが、彼はケンタッキー出身の古き良き軍人であった。命令墨守《ぼくしゅ》こそが海軍軍人の真骨頂であり、その常道から外れるのは矜持《きょうじ》が許さなかった。

「意味が薄れただと？　スプルーアンス中将からの指示を思い出せ。ラバウル支援に接近する日本艦隊を捕捉撃滅し、ビスマルク海の制海権を掌握せよ、だったな。

我が艦隊は、まだ任務を達成していないぞ。艦長！　このまま突入し、あの忌わしきジャップの戦艦を討ち滅ぼすのだ！」

戦意に満ちた台詞に、〈アイオワ〉のブリッジメンバー全員の戦意がかきたてられた。

誰もが承知していたのだ。復讐は非生産的行為の最たるものだが、同時に最高の爽快感と高揚感を提供してくれると。

それに、リーはガダルカナル海戦（日本側呼称は第三次ソロモン海戦）において、敵戦艦〈霧島《きりしま》〉を砲撃で沈めた提督である。名実ともに砲撃戦のエキスパートなのだ。負ける気づかいはない。

しかも座乗するのはBB-61〈アイオワ〉だ。

アメリカ海軍が建造した最新鋭戦艦である。

五〇口径という長砲身の四〇・六センチ砲九門を備え、三三ノットという駆逐艦なみのスピードで突っ走る。二〇〇〇名強の乗組員は、このフネこそ世界最強艦と信じて疑わなかった。

「二万九〇〇〇で主砲発射。レーダー射撃用意」

凛《りん》とした声でリーが命じた。現在、距離は三万三〇〇〇。この間合いでも射撃は可能だが、先手は確実なのだ。もっと詰めてからのほうがよい。

できれば敵艦隊の先頭を潰したいが、位置関係からそれは困難だった。いちばん近いのは尾部のほうだ。

「艦長、本艦および〈ニュージャージー〉は四番艦を、サウス・ダコタ型四隻は五番艦を狙え」

「アイ・サー！　主砲射撃レーダーMk8を稼働。距離二万九〇〇〇で初弾発射、弾種徹甲！」

秒単位で戦闘準備が調っていくなか、警戒レベルを上げるべき急報が入ったのは、その数秒後であった。

乗組員から〝シュガー・ジョージ〟と呼ばれるSG型水上監視レーダーが、脅威対象を把握したのだ。

「敵水雷戦隊、接近中！　距離二万四〇〇〇！」

リー少将は露骨に顔を歪めた。第七群には重巡〈ウィチタ〉と駆逐艦が七隻いたが、すべて艦隊後方に位置している。

砲撃戦で敵を戦闘不能に陥れ、雷撃戦で沈めるという常識的なプランであったが、その配置が裏目に出てしまったようだ。

「ジャップの駆逐艦か。勢力は？」

マックリー艦長の問いかけにレーダー班が即座に返す。

「軽巡一、駆逐艦四。速度三〇ノット以上！」

安堵を覚えたリー少将は軽く息をついた。

相手は小勢だった。これならば非力な副砲でも撃退できる。

アメリカ戦艦は副砲をあまり重視していない。日本海軍のそれは最低でも一四センチ砲だが、合衆国製の戦艦は一二・七センチ砲が標準装備となっていた。

戦艦のコンパクト化に徹しすぎた弊害である。のちに高角砲と機能を合体させた両用砲が採用されたが、破壊力に乏しい現実に変わりはない。

それを補うべく、数と発射速度が重視された。アイオワ型戦艦に搭載された副砲は一二・七センチ連装両用砲が一〇基だ。両舷に五基ずつ据えられており、片舷に一〇門が指向できる。

「右舷両用砲に射撃許可を与える。接近中の敵艦を撃破せよ！」

艦長命令に反応した火器が吠え猛《たけ》った。意外にも〈アイオワ〉の処女弾は主砲ではなく、副砲となったわけである。

その射撃指揮装置として新開発されたMk37が四セットも装備されていた。レーダーアンテナとシンクロ・サーボ機構が搭載されており、遠隔操作で発射できる優れものだ。

同型艦〈ニュージャージー〉も旗艦に続いた。同型の両用砲を八基備えている〈サウス・ダコタ〉も試射に続き、連射を開始した。

日本軽巡の周囲には幾重にも水柱が生え、針路を遮っていく。

そして、ついに火柱が……。

＊

「右舷中央に被弾！　火災発生！」

軽巡〈多摩〉の操舵室に悲報が流れたが、艦長の神重徳《かみしげのり》大佐はわずかに口ひげを震わせるだけであった。

彼とて肝の据わった男である。第八艦隊司令部参謀として、サヴォ島沖夜戦とガ島撤退戦を戦いぬき、今年の六月から〈多摩〉を指揮していた。

ひとかどの海軍軍人であることは事実だ。

度胸があり、頭の回転が速いからこそ、艦隊の行く末が見えてしまった。我が第一四戦隊はたいした戦果を刻めまいと。

散る理由は時間稼ぎだ。第一艦隊が陣形を立て直すまで、敵を足止めしなければ。

魚雷攻撃を得意とする水雷戦隊だが、夜戦ならともかく、晴れわたった真っ昼間の雷撃戦だ。不利は否めない。

自慢の九三式酸素魚雷を調整すれば、三万メートルの彼方から発射できるが、まず命中は期待できない。できれば一万メートルを割り込みたいが、たった五隻では接近前に全滅だろう。

幸運を期待したが、先ほどの直撃弾は甘すぎる目論見を粉砕してしまった。アメリカ戦艦は確実にこちらの存在をつかみ、迎撃戦を開始したのだ。

神は艦後方へと視線を向けた。三本ある煙突のうち、最後尾のそれが横倒しとなり、黒煙を海面にたれ流している。

「副砲で撃たれたな」

第一四戦隊司令官栗田健男中将がそう言った。突撃を指示した張本人である。

「戦艦の主砲なら本艦はもう沈んでいるよ。これで時間ができた。機関最大で突っ込め」

軽巡〈多摩〉は球磨《くま》型の二番艦である。いわゆる五五〇〇トン型だ。八八艦隊計画の数少ない生き残りでもあった。

建造当時は一流だったが、就役後二二年が経過しており、老朽化は否めない。主砲も一四センチ単装砲七門と非力で、雷装も五三センチ連装発射管が四基と、やや頼りなかった。

速度を極端に重視した結果、防御がおろそかになっていた。舷側の一部に六・三五センチの、そして司令塔に五センチの装甲を用意したが、いずれも断片防御を狙ってのものであり、砲弾を弾く効果は薄い。水中防御も皆無だ。

軽巡洋艦に分類される〈多摩〉だが、むしろ旗艦機能を強化した超大型駆逐艦と称するのが妥当かもしれない。

開戦後に改装案が出され、主砲二基と航空装備をすべて降ろし、一二・七ミリ連装高角砲を増設する手筈になっていたが、この出撃には間に合わなかった。〈多摩〉は戦前と同じ容姿でラバウル戦線に登場したのだ。

よって撃たれ弱かった。アメリカ戦艦の射撃精度は褒められたものではなかったが、発射速度と手数で圧倒され、命中弾が続出した。

背の高い後檣《こうしょう》がなぎ倒され、不釣り合いなまでに大きい呉式二号三型射出機《カタパルト》が破壊された。火炎も後甲板を中心に、手のつけられないレベルにまで広がっている。

「あと一万三〇〇〇！」

その報告を耳にした神艦長は、とうとう絶望を隠しきれなくなった。

「距離が一気に詰まる反航戦なのに、まだそんなにあるのか」

本音を言えば、神大佐は最前線勤務を欲してはいなかった。自ら戦う武将型ではなく、後ろから糸を操る軍師型の提督でいたかった。巡り合わせとはいえ、己の命を張らなければならぬとは。

再び直撃弾と至近弾が無数に降り注いできた。水柱と黒煙で、前方視界の確保も困難だ。これで機関が無事なのは奇跡でしかない。

「砲雷長、ここまでだ。雷撃戦を開始せよ。九五式酸素魚雷二型なら届く！」

耐えきれずに神が言ったが、栗田中将がそれを押しとどめた。

「いかん。届いても、まだ命中が見込めない。九〇〇〇まで待つのだ」

「杓子定規に定石を守っている場合ではありませんぞ。このままではフネがもちません！」

神の台詞はそのまま遺言となってしまった。

直後、〈多摩〉の司令塔に一発の直撃弾が生じ、神と栗田の肉体を破壊したのである。

首脳を全損した〈多摩〉は、その後も撃たれに撃たれ、浮かぶ火葬場と変貌していった。

だが、その死は無駄にはならなかった……。

＊

「ジャップの軽巡は戦闘不能だ。あれはもういい。後続の駆逐艦を潰せ！」

戦艦〈アイオワ〉艦長のマックリー大佐が怒気を込めた調子で命じた。

楽観などできない状況であった。本来であれば弱小の水雷戦隊など、とうの昔に撃破していなければおかしいのだ。

ここにいたり、ようやく射線を確保できたらしく、サウス・ダコタ型の三戦艦が両用砲の射撃を開始した。

BB‐58〈インディアナ〉、BB‐59〈マサチューセッツ〉、BB‐60〈アラバマ〉の面々だ。

各艦には一二・七ミリ連装両用砲がアイオワ型と同数の一〇基も備えられており、ネームシップの〈サウス・ダコタ〉より砲力は秀でていた。

右舷三〇門の火力が加えられたことで、阻止力は一気に上昇した。四隻の日本軍駆逐艦は次々に炎上していく。

しかし、それでもなお突撃し、前進を止めない執念深いフネがあった。被弾にも負けず、敏捷さを遺憾なく発揮し、接近する駆逐艦だ。

「たぶん甲型《タイプA》駆逐艦だな。カゲロウ・シリーズの一隻だろう」

双眼鏡を構えながらリー少将が告げた。

艦隊型駆逐艦の傑作としてアメリカ海軍を震撼させた新鋭が、手を伸ばせば届きそうなところまで迫っている。

その名は〈風雲〉であった。

*

「艦長！〈多摩〉と僚艦三隻がこじ開けてくれた穴だ！　そこに飛び込め！」

駆逐艦〈風雲〉の航海艦橋に吉田大佐の絶叫が響いた。すぐさま橋本少佐がそれに続く。

「了解。総員に伝達、猛訓練を重ねたのはすべてこの一瞬のため！　全艦突撃せよ！」

これまでに命中弾は二発。いずれも艦尾側だ。三番砲塔が破壊され、二番砲塔は業火で炙《あぶ》られていたが、二基の六一センチ四連装魚雷発射管はまだ無傷だった。

旋回式で両舷どちらにも発射可能である。準備された八本はすべて九三式三型酸素魚雷だ。

距離九五〇〇まで耐えに耐えたあと、〈風雲〉は運命の時を迎えた。

「ここまで来られたなら、しめたものよ。よし！　雷撃戦開始。全魚雷発射だ。急げ！」

間髪をいれず砲雷長の怒号が響く。

「テェーッ！」

銀色の円柱形が秒単位の時間差を保ち、次々に海中へ躍り込んでいく。速度は四九ノット。世界最速級の魚雷が真一文字に米戦艦を狙う。

「面舵いっぱい！　煙幕を展開しつつ脱出！」

橋本艦長の命に基づき、〈風雲〉は黒豹のごとく回頭を開始した。

まだ沈まない〈多摩〉が敵弾を引き受けてくれているため、飛来する一二・七センチ砲弾は少なかった。速力も三五ノットを維持できていた。

「弾着時間まであと五秒！」

果てしないカウントダウンの果てに、背後から爆裂音が響いてきた。

数はひとつだけだが、それでも充分すぎた……。

＊

必殺の酸素魚雷を横っ腹に受けたのは〈ニュージャージー〉であった。

アイオワ型の二番艦だ。新鋭艦らしく水中防御も重視された設計となっていたが、完成前に意外なアキレス腱が判明した。

一番主砲塔の側面だ。

昨年九月に〈伊一九潜〉が戦艦〈ノース・カロライナ〉を雷撃した際、まさにそこを痛打されてしまった。沈没にはいたらなかったが、浸水が尋常でないレベルに達した。

集中防御区画の継ぎ目に近く、装甲がいちばん薄い箇所である。その戦訓からアイオワ型ではバルジの増設も研究されたが、実装されることはなかった。

運悪く、BB‐62〈ニュージャージー〉もまた同一の箇所に一本食らった。

戦艦〈ノース・カロライナ〉を直撃したのは、潜水艦用の九五式酸素魚雷で、炸薬は四〇〇キロだった。

だが〈ニュージャージー〉に突き刺さったのは、七八〇キロの炸薬を弾頭部に隠し持つ九三式三型酸素魚雷である。

破壊力は段違いで、亀裂から大量の浸水が始まった。

三一ノットというスピードを発揮していたことが災いし、数分で駆逐艦一隻分の海水を飲んでしまった。フネは右舷に一二度も傾斜し、電動揚弾機が動かなくなった。

これが戦艦としては致命傷となった。砲弾を砲塔まで移送できない以上、もはや砲撃はできない。左舷に注水して傾斜を復元させればよいが、時間がかかる。

就役してまだ半年しか経過しておらず、乗員もダメージ・コントロールをマスターしてはいない。それがたたり、速度がみるみるうちに落ちた。

後続する〈サウス・ダコタ〉は衝突を回避するために転舵した。同型艦の三隻も続く。

旗艦から戦況を見据えていたリー少将は、即座に現実を受け入れた。もう〈ニュージャージー〉は戦力外と考えるしかない。

沈没こそ免れるだろうが、戦闘力が十全に回復するには小一時間を要するだろう。戦場では無限に等しい間合いだ。これで、ますます急がなければならない。

「艦長、まだ有効射程距離に入らないのか⁉」

「現在三万一〇〇〇です。あと二〇〇〇」

「もう待てない。両用砲射撃中止。逃げる駆逐艦は放置せよ。これより第七群は総力をあげて日本戦艦部隊を撃滅する」

「イエス・サー。主砲全砲塔に射撃許可を与える。準備できしだい攻撃《アタックオン》を開始せよ」

数秒後、〈アイオワ〉は盛大な自己主張を開始した。五〇口径の四〇・六センチ砲塔が三基とも一斉に吠えたのだ。

全門斉射ではない。三連装砲塔のうち、中央の一門だけを用いた砲撃だ。

レーダー管制射撃でも初弾命中は期待できない。最新鋭の射撃管制システムを装備している〈アイオワ〉だが、砲撃とはまだまだ確率の世界である。射撃管制レーダーが真価を発揮するのは、修正射が開始された後なのだ。

「弾着を視認。命中ゼロ、すべて遠弾！」

「遠すぎた弾だな。それなら修正は楽なはずだ。第二射からは全門斉射《サルボー》でいけ」

リーは絶大な自信を抱きつつ、そう命じた。戦艦〈霧島〉を屠った経験が、彼を強気にさせていた。

レーダー班からの解析値が入力され、三五秒後に第二射が放たれた。

九発の四〇センチ砲弾は二万七〇〇〇メートルを飛翔し、八発は虚しく海面に落下したが、一発だけ人工の建造物を叩いた。

劇的な瞬間は〈アイオワ〉のブリッジからも目

視できた。連なるパゴダ・マストのひとつに黄色い電撃が走り、すぐそれが緋色の炎に変わった。

「命中！　敵四番艦に直撃弾！」

尊敬の眼差しが総身に注がれていくことを実感しつつ、リーは覇者の資格を取り戻していった。

勝利の女神は、まだ我らを見放してはいない。

相手に海獣《シーサーペント》でもいない限り、この戦場では勝利を勝ち取れようぞ……。

＊

直撃弾を受けたのは〈山城〉だった。

完成時には世界最大最強であった戦艦も、寄る年波には勝てない。竣工から四半世紀が経過し、老朽化は隠しようがなかった。

近代化改装を経て二五ノット近く出せるようになり、装甲も強化されていたが、元来の設計が対三六センチ砲弾を想定したものなのだ。とてもではないが〈アイオワ〉の四〇・六センチ徹甲弾には抵抗できなかった。

着弾は後部艦橋だった。第四砲塔と第五砲塔にサンドイッチされた小高い建造物だ。

そこに据えられていた二基の八九式一二・七センチ連装高角砲が被弾し、跡形もなく砕け散った。最悪だったのは隣接する弾薬供給所に火が入ったことだ。

当たり前だが誘爆した。真円に近い朱色の球体が後檣楼に映え、それが新星のように破裂した。爆風は艦中央の煙突を歪ませ、前檣楼の電探や通信アンテナのすべてを吹き飛ばした。

この衝撃で〈山城〉は三万九一三〇トンの総身をわななかせた。振動が収まる暇などなかった。三十数秒後に飛来した〈アイオワ〉の第三斉射が命中したのだ。

被弾箇所は第三主砲だった。

前檣楼の後部に、〈扶桑〉とは逆向きに据えられている連装砲塔の基部を直撃した一発は、増設されていた一〇〇ミリの装甲鈑を貫き、弾火薬庫にまで侵入して果てたのだ。

許容量をはるかに超える破壊エネルギーに、この老嬢は耐えきれなかった。大爆発が船体を二つに引き裂いた。

文字どおりの轟沈であった。艦長久宗米次郎《ひさむねよねじろう》少将以下、一四四七名の乗組員は玉砕した。

同様の運命は殿艦の〈扶桑〉にも訪れた。

こちらのほうが、より悲惨だった。四隻のサウス・ダコタ型戦艦の十字砲火を浴びたのだ。

三六門もの四〇・六センチ砲弾による集中攻撃はすさまじく、三分間に四発の命中弾を頂戴してしまった。

一発は艦首を直撃し、舳先がもぎ取られた。その結果、速度が一二ノットまで一気に落ちた。

フネとしての命脈が尽き果てるダメージであったが、ほかの三発がさらに悪しき場所を叩いた。

増改築の極致と称すべき前檣楼に突き刺さったのである。幾何学模様にも似た〈扶桑〉の艦橋構造物は、打撃と自重に耐えられず、根元から倒壊した。

鶴岡信道《つるおかのぶみち》艦長も戦死し、〈扶桑〉は指揮系統を全損した。まだ浮力は維持できており、無事な主砲塔が散発的に反撃を試みてはいるが、戦果など得られるはずもない。

帝国海軍初の超弩級戦艦である扶桑型は、こうして二隻とも撃破されてしまった……。

＊

戦力比が五対三になった時点で、〈アイオワ〉のブリッジには楽観的なムードが漂った。

「ジャップのバトルシップは粘土の素焼き《テラコッタ》みたいだな。あれほど脆弱だとは思わなかった！」

頬を緩ませながらマックリー艦長が続けた。

「司令、三番艦はナガト・クラスです。次はあれをやっつけましょう！」

セオリーに頼るのならば、それが常道である。欲張らず近場の敵艦から屠るのが順序だ。

しかし、リー少将はあえて逆を張るのだった。

「先頭艦は左へ回頭しつつある。頭を押さえればT字戦法が決まるぞ。ここはスピードアップだ。最高速まで引っ張れ！」

それまでリー艦隊は二六ノットで進んでいた。二七ノットしか発揮できないサウス・ダコタ型と歩調を合わせるためだ。

二一万二〇〇〇馬力もの機関出力に物を言わせ、〈アイオワ〉は三三ノットまで増速する。単艦で突出したが、僚艦四隻も必死で航跡を追った。

距離が二万五〇〇〇まで詰まったとき、見張りから一報が入った。

「敵三番艦に発射反応！」

ついに日本艦隊の反撃が開始されたのだ。それも標的にしようと進言したナガト・クラスである。

マックリー艦長は下唇を突き出した。

「やはり、さっさと撃っておくべきでしたな！」

不躾《ぶしつけ》な言い草に、リー少将はレーダーの専門家として理性的に返した。

「砲撃しても命中はしなかっただろう。敵艦隊が海岸線に接近しすぎているからな。

角度的に対艦レーダーの反応も鈍くなるのだ。戦果を得るには、電波の乱反射を最少に食い止める場所へ移動しなければ」

納得できる説だが、ブリッジに詰める士官から不安は消えない。さらにリーが士気高揚の言葉を発しかけたときだった。

戦艦〈アイオワ〉の両舷に巨大な水柱が生えた。その数は八本。次に不吉な報告が響く。

「本艦は夾叉《きょうさ》されましたッ！」

＊

初弾で夾叉を出したのは〈長門〉であった。

長らく連合艦隊旗艦を務めた〈長門〉にはベテラン兵が多数乗り込んでおり、練度は最高にまで高められていた。初弾命中とはいかずとも、夾叉を出したのは賞賛されてしかるべきだ。


そして第二射で早くも直撃弾が得られた。突出する〈アイオワ〉の右舷中央部に紅蓮《ぐれん》の炎が炸裂した。

残念だったのは、それが対艦用徹甲弾ではなく、三式弾だったことだ。

砲弾は一度でも装填すれば、もう発射する以外に処分方法はない。対地砲撃のみに専念していたツケであった。

ただし三式弾といえども直撃である以上、それなりの効果はあった。右舷の両用砲塔群のうち、三基が熱で焼かれて運用不能となった。

痛かったのは電波兵器である。衝撃で各種レーダーが挙動不安定に陥ってしまったのだ。

戦艦〈アイオワ〉の電子装備は当時の世界最先端であったが、それは完璧な状態で機能すればの話である。

被弾に耐えられるレーダーなど、この世に存在しない。交換部品も搭載しているが、戦闘中に修理などできるはずがなかった。

戦艦〈長門〉の三式弾は〈アイオワ〉の目玉を潰し、耳を塞いだ。もし、ここに〈陸奥《むつ》〉がいてくれたなら、勝負はついていただろう。

しかし、不幸なことに〈長門〉の妹は半年前に呉軍港で爆発事故を起こし、沈没していた。いま日本戦艦は数の差で窮地に追いやられようとしていたのである。

完全に〈扶桑〉を撃破したサウス・ダコタ型の四隻が〈長門〉へと砲門を向けてきた。三六門の集中砲火を浴びた〈長門〉は、それから五分間しか戦闘力を維持できなかった。

数度にわたる改装で過剰なまでに装甲が増設されており、計算上は対四〇センチ砲弾にも耐え得るはずであったが、それは重要防御区画《ヴァイタルパート》に限っての話である。

防御鋼板を貫かれなかったとしても、これだけの爆発物を投げ込まれたのだ。無傷ではすまない。

アンカーチェーンが切断され、錨が海中へ落下した。煙突は上部が砕け、あらぬ方向へと煤煙を撒き散らした。後甲板の主砲二基はターレットが歪み、旋回不能となった。

その間も〈長門〉は砲撃を継続し、徹甲弾を用いた第四斉射で〈アイオワ〉に直撃弾を与えた。艦尾のC砲塔の砲身を直撃し、三本とも叩き折ったのは大戦果である。

もちろん、代償は支払わなければならなかった。火災が全艦を覆い尽くし、〈長門〉は浮かぶ溶鉱炉へと姿を変えた。浮力は維持できたが戦闘力は全損した。

こうして第一艦隊に残された戦艦は〈武蔵〉と〈大和〉のみになった。そして、この姉妹は僚艦の仇を討つべく奮闘したのである……。

*

「やられた！　〈長門〉御殿がやられたぞ！」

そう叫んだのは有賀幸作大佐であった。測距用の双眼鏡を凝視しながら彼は続ける。

「相手は五隻で、こちらは二隻だ。いくら大和型でも苦しい戦《いくさ》になるな」

だが、奥田弘三特務少佐は努めて明るい調子で返すのだった。

「万事は塞翁が馬です。まだわかりませんぜ。〈大和〉と〈武蔵〉は、ただの戦艦じゃない。超戦艦ですからのう」

彼らはまだ第二砲台で軍務についていた。激戦地となった北崎海軍砲台だが、すでに敵兵の姿はなく、一応の安全が確保されていたのだ。

砲弾が尽き、戦局に寄与することはできなかったが、そこは戦場パノラマを一望できる特等席であった。

二人は、日米戦艦ががっぷり四つに組んだ大海戦を観戦していたのである。

「うむ？　〈大和〉が先に回頭したぞ。巨体の割には小回りがきくな。あくまでも陸地を背にして戦う腹づもりか」

「敵の先頭は〈長門〉の砲撃で中破しとりますからな。ここは無傷の四隻とわたり合い、乱戦に持ち込む考えでしょう。距離は二万そこそこ。

これで初弾を外すようなら、二等水兵からやりなおしだ。おお！　撃ちよったで！」

結果はすぐに形となって現れた。コンパクトにまとめられた敵戦艦の中央に、黄色い閃光が輝いたのだ。

「初弾命中！　二番よ、お前の教育は〈大和〉に息づいているようだな！」

もともと奥田は〈大和〉二番砲塔の総責任者であった。退艦に際し、持てる技量のすべてを後進に伝えていたが、それが見事に花開いたのだ。

やはり巨弾の破壊力は図抜けていた。サウス・ダコタ型戦艦の一番艦に吸い込まれた徹甲弾は、その装甲鈑を易々と切り裂き、艦内で爆散して果てた。

艦橋構造物の数倍に匹敵する火柱が天に昇り、船体は中央で無理やり捩《ね》じ切られた。主砲の弾火薬庫が誘爆したのだ。

一発必中轟沈が現実のものとなった決定的瞬間だが、奥田特務少佐は無念さを隠そうともせず、こう怒鳴るのだった。

「なんでじゃ！　なんでワシが、いま〈大和〉におらんのや！」

＊

サウス・ダコタ型戦艦は全長二〇七メートルと重巡なみに短躯だが、それでいて重装甲だ。搭載する四〇センチ砲弾に殴られても耐え得る仕組みになっていた。

設計陣はそれで必要充分だと考えていた。仮想敵国のドイツにせよ、日本にせよ、それ以上の巨砲を持つ戦艦など存在しないからだ。

甘すぎる認識の補償を求められたのは最前線の水兵だった。一番艦の〈サウス・ダコタ〉には、想定外の破壊力が押し寄せてきた。

痛打したのは戦艦〈大和〉である。破壊された

〈扶桑〉〈山城〉が射角を塞いだために初弾発射は遅れたが、悪いことばかりではない。必中距離まで詰めることができたのは大きいし、徹甲弾を装填する時間もできた。

　世界最大の艦載砲である九四式四五口径四六センチ砲に殴られて、無事な軍艦がいるとすれば、それは実妹の〈武蔵〉だけだろう。

　妖刀の一閃《いっせん》が煌《きら》めくや、〈サウス・ダコタ〉は死地へ追いやられた。就役してまだ二年にもならない新鋭艦は、地獄へと蹴り落とされてしまった。

　長姉が四散するという世紀末的風景に、三隻の妹たちは復讐を誓った。〈インディアナ〉〈マサチューセッツ〉〈アラバマ〉が砲門を〈大和〉へと向け、攻撃を開始する。

　このとき〈大和〉と〈武蔵〉は田浦湾を背にしていた。陸地に近く、輸送船の残骸も多い。レーダー射撃の標的としては悪条件が重なっていた。

　だが、数とは正義だ。二七門もの四〇センチ砲が乱射された結果、〈アラバマ〉の放った一発が前檣楼のトップを殴打した。

　大和型の艦橋構造物は被弾性を重視し、重巡に似たスリムな形状となっていたが、それでも当たるときは当たるのだ。

　そこに位置していた八九式主砲射撃方位盤と、一五メートル測距儀が粉砕された。

　司令塔には最厚で五〇〇ミリの装甲が施されており、倒壊こそしなかったが、第一艦橋にも爆風が舞い込み、大野竹二艦長も負傷した。こうして指揮系統は一時的に混乱した。

　本来ならば戦艦の生死にかかわる打撃である。海軍自慢の統一射撃が不可能となったのだ。戦場における価値は地に墜ちたかと思われた。

しかし、〈大和〉はこの逆境でさえ真価を発揮した。

三基の主砲の砲塔長は艦橋との連絡が途絶すると、既定路線に基づく行動に邁進した。独自の判断で独自の標的の撃破に勤しんだのだ。

四六センチ砲塔には艦橋トップの一五メートル測距儀と同等のものが装着されており、単独での砲撃も可能である。

各砲塔は連絡の末、敵戦艦の各個撃破を目論んだ。奥田特務少佐が現役時代に鍛えた砲員たちは、以心伝心のレベルにまで心を通わせ合っていた。

すでに〈大和〉とアメリカ艦隊は反航戦に入っている。標的の選定は即座に行われた。

第一砲塔が最後尾の〈アラバマ〉を、第二砲塔が中堅の〈マサチューセッツ〉を、そして艦尾の第三砲塔が先頭の〈インディアナ〉を、ほぼ同時に射撃した。

ここで絶対に起こるはずのないことが起こった。

三隻のサウス・ダコタ型戦艦が連続して大爆発を起こしたのである。距離が一万八〇〇〇まで接近していた事実を差し引いたとしても、驚嘆すべき射撃精度だった。

BB-58〈インディアナ〉は後甲板を直撃され、砲弾は機関室まで侵入し、そこで炸裂した。押し寄せた破壊エネルギーは凄まじく、艦尾側が三割がたもぎ取られ、即座に行動不能と相なった。

BB-59〈マサチューセッツ〉は手前に落下した四六センチ砲弾が水中弾となり、舷側を貫いた。三発が極太の魚雷となって下半身を強打し、洪水の勢いで浸水が始まった。転覆はもう時間の問題である。

BB-60〈アラバマ〉がもっとも悲惨だった。

B砲塔とC砲塔の基部を直撃した徹甲弾が、二カ所の弾火薬庫を同時に誘爆させたのだ。活火山の勢いで艦中央部が破裂し、海面には艦首と艦尾の残骸しか残らなかった。

ここにサウス・ダコタ型戦艦は全滅した。残されたのは一万名弱の水兵が、きわめて短時間に命を落としたという現実だけである……。

*

戦艦〈アイオワ〉のブリッジからは、非情にも地獄絵図の一部始終が観戦できてしまった。

前級とはいえ、世界屈指の戦闘力を持つ自慢の四戦艦が次々に屠られるのは、まさに悪夢だ。

「まるで海獣《シーサーペント》だ！　日本海軍はモンスターを完成させていたのか！」

マックリー大佐が震えながら続けた。

「主砲は一六インチ砲じゃない。たぶん一八インチ砲だ。もしかすると二〇インチ砲かも……」

リー少将は艦長を一喝する。

「うろたえるな！　アメリカ戦艦群が滅ぶときは日本戦艦隊も滅ぶときだ。砲撃強化！　全砲門を敵の二番艦へと向けよ！」

どうにか生き残っていた艦首のA砲塔とB砲塔が盛大に火弾を放った。その絶叫は、アメリカ海軍ここにありとの宣言にほかならなかった。

彼女たちの覚悟と意地は、数十秒後に結実することになる。だが、リー少将とマックリー艦長は、己のなし得た戦果を目撃することはなかった。

BB‐61〈アイオワ〉は〈武蔵〉の放った徹甲弾を三発もその身に受け、四分五裂に弾け飛んだのである
アイオワ型は合衆国海軍が建造した最強戦艦で

はあったが、速度を優先するあまり極端なまでに細身となっており、防御力をサウス・ダコタ型から飛躍的に向上させることは不可能だった。

　ウィリス・リー少将以下、全乗組員が瞬時にして煉獄へと移送され、洋上には重油の染み以外に残るものはなかった。

　ここにアメリカ戦艦群は、四六センチ砲という古今無双の長槍の前に膝を屈し、骸《むくろ》を曝す結果となったのである。

　完全な敗北を喫した〈アイオワ〉であったが、それでもなお地獄への道連れを欲し、意地で結果を出したのは称美されるべきであろう……。

*

　旗艦〈武蔵〉の第一艦橋は歓喜の渦に包まれていた。彼らにはその資格が充分にある。なにせアメリカ戦艦六隻を撃沈、もしくは戦闘不能に追い込んだのだから。

　しかし、好事魔多しである。強敵〈アイオワ〉を撃沈するのが数秒遅かった。あのアメリカ戦艦は死の直前、最後の一打を放っていた。

　それが〈武蔵〉の右舷に位置する副砲塔を直撃したのだ。もともと大和型戦艦最大のウィーク・ポイントと目されていた設備である。

　その天蓋装甲は二五ミリしかない。弾火薬庫を守るため、揚弾筒内部にコーミング・アーマー、すなわち防御鋼板が装備され、ほかにも防炎機器の板厚を増すなどの手立ては講じたものの、完璧にはほど遠かった。

　約四五度の角度で一五・五センチ三連装砲塔の側面防熱板に突き刺さった四〇センチ徹甲弾は、その勢いを維持したまま砲塔内に突入し、派手に散った。数々の阻止装置も役には立たず、弾火薬庫に火が入った。

それが誘爆に繋がった。船体に裂け目が生じ、副砲は擱座して海へ落ちた。爆圧は前檣楼を半壊させ、生じた火は艦橋構造物の残骸を駆け上がり、それを黒炭に変えてしまった。

しかし、〈武蔵〉はかろうじて沈まなかった。弾火薬庫の実包が残りわずかだったためだ。対地および対艦射撃で撃ちまくった結果である。

大和型の副砲だが、一番と四番は一門あたり一五〇発が準備されていたが、両舷の二番と三番は一二〇発と最初から少なかった。

この三〇発の差が〈武蔵〉の命脈をかろうじて繋いだのだ。

もちろん、代償は大きかった。前檣楼は破滅し、朝倉艦長も戦死した。古賀峰一大将は爆風で吹き飛ばされたのか、遺体が発見されず、暫定的に行方不明扱いとなってしまった。

ここに第一艦隊で五体満足なのは〈大和〉のみとなった。そして血に飢えた野獣と化した彼女は、なおも生贄を欲していたのである。

3　将軍の死

――同日、午後五時五五分

椰子の葉かげに十字星が見える時刻となった。ラポポ飛行場の整備を監督するモートン・L・デイヨー海軍少将は、数時間前から過剰なレベルの違和感を抱いていた。

砲声が近づいて来るのだ。陸戦に疎《うと》い彼であっても、侵攻作戦においてこの現象が生じれば敗色濃厚なのは理解できた。

陸海空を問わず、全戦線は混乱の極致にあるらしく、マッカーサー将軍とも連絡がつかない。

　人海戦術で滑走路をどうにか運用可能なまでに復旧させたが、着陸する友軍機はなかった。

　空戦は散発的に発生しており、ジャングルへの空爆も強行されていたが、制空権は敵味方のいずれにあるのかは微妙だ。

　デイヨーは逡巡した。このまま飛行場の守りを固めるだけでよいのだろうか。

　手持ちの戦力は、戦艦〈コロラド〉の生き残りが約一〇〇〇名だ。装備品に秀でた第二海兵師団でさえ苦戦している。日本兵が押し寄せて来たら、たいした兵器もない水兵になにができよう。ここはジャングルへの逃走も検討すべきでは？

　思い悩むデイヨーの耳に、部下の報告が届いたのは、六時前のことであった。


「提督、小型艇が来ます。敵味方不明！」

　状況を一変させる存在の登場に、デイヨーは急いで波打ち際へと向かった。滑走路の北端は海岸線に接している。

　そこは無秩序の極致にあった。輸送船の残骸が幾重にも折り重なり、炎上を続けていた。

　戦車揚陸艦《LST》と歩兵上陸艦《LCI》だけではない。アシュランド型のドック式揚陸艦も屍《しかばね》となり、無惨な姿になり果てていた。まともな艦船は一隻もない。航行可能な船舶はすでに逃げ出していた。

　そんなスクラップの間をぬうようにして、全長二〇メートルにも満たない小さなフネが接近して来た。

　魚雷艇《PTボート》だ。

　しかし、見たことのないタイプだ。エルコ社のものでもヒギンズ社の製品でもない。

国旗は掲げられていないが、乗船している兵士たちはいかにもアメリカン・ソルジャーといった風情の面相だ。

そこからすぐ拡声器で英語のメッセージが流れてきた。

『デイヨー提督は無事か!?　生きているなら話がしたい！』

まさかの指名に大きく手を振り、軍靴を濡らすデイヨーであった。その魚雷艇のブリッジにアイコン的な人物を認めたのだ。

この状況ですらコーンパイプを口から離さない男など、ダグラス・マッカーサー以外には考えられない。あの煙草はさぞほろ苦いことだろう。

「将軍！　思わぬ再会ですな。まさか再び洋上に戻られるとは！」

半ば嫌味を込めた呼びかけに、マッカーサーは船上から必要最低限の返答をするのだった。

「ココボは敵に奪還されたよ。すぐにジャップはここに来る。私は戦線整理のため一時的に前線を離脱しなければならない。提督も来るか？　席はまだあるぞ」

心が揺り動かされなかったと言えば嘘になる。生存への切符を見せつけられてスルーできる人物など、そうそういない。

だが、デイヨーは意地の張りどころを心得ていた。彼は見事な海軍式敬礼をすると断言した。

「ノー・サー。本職は〈コロラド〉の残存兵力をまとめ、最後の一兵まで抵抗を試みます。退却という納税者に対する裏切り行為に加担する意思は持ち合わせておりません」

正義感をむき出しにした断言に、さすがのマッカーサー将軍も顔色を失った。彼は黙考したのち、こう告げるのだった。

「自分が正しいと信じた道を征くがよい。ただし、これだけは約束する。私は必ず戻ってくる《アイ・シャル・リターン》。援軍を連れてな」

デイヨーは苦笑を押し殺すのに必死だった。

将軍はフィリピンからオーストラリアへ逃走した際にも、同じ台詞を口にしたではないか。いまさら説得力などあろうはずもなかった……。

「早く沖合に出ろ！　敵の駆逐艦に出くわしたら、ひとたまりもないぞ！」

魚雷艇での脱出に同行していたリチャード・K・サザーランド少将が怒鳴った。

「機雷があるかもしれん。潜水艦が隠れているかもしれん。見張りだ。見張りを増やせ！」

文句はすべて補佐官が言ってくれるため、マッカーサーは沈黙を保つことができた。いまは葛藤と戦うので手いっぱいだった。

（納税者への裏切りか。ある意味、デイヨーの台詞は正しい。しかし、導く者は常に生き残らなければならない。国民への償いは大統領に就任してからでも遅くはあるまいよ……）

早くも来年の選挙に思いを馳《は》せているマッカーサーに、サザーランドの大声が聞こえた。

「本当にこれで全速なのか。魚雷艇にしては遅すぎる。ジャップの海軍はしょせん三流だな。アメリカ製なら倍のスピードが出せるのに！」

マッカーサーたちが座乗しているのは、慣れたPTボートではなかった。日本軍がココボに残していった醜悪なマシンだ。

正式名称〈第二〇一号〉型水雷艇——今年四月以降に生産が開始されたものだが、発動機に余剰品を用いたため、一七ノットしか出せなかった。PTボートが三六〇〇馬力のガソリンエンジンを搭載し、四〇ノットのスピードを確保していたのとは雲泥の差であった。

マッカーサーも乗りたくはなかったが、すぐに動かせるボートはほかにないのだから仕方がない。鹵獲《ろかく》した魚雷艇で沖合まで退避し、手近な船舶に移乗するつもりだった。

天候は悪化しつつあった。星は雲に隠れ、波の飛沫がけたたましく、休もうにも今宵は眠れそうにない。デッキで語り明かして時を潰すしかないのだろうか。

重油の匂いが鼻をつく海面を北東へと向かう。ガゼル岬を回り、南下しなければ。

水雷艇が速度をあげようとした時分であった。硝煙と小雨で遮られた視界の隅に、軍艦色の物体が侵入してきた。

「あれは戦艦！　きっと〈アイオワ〉だ。俺たちは助かったぞ！」

誰かがそう叫んだが、指摘した要素のうち正解は最初のひとつだけだった。

マッカーサー将軍の命運は、ここに尽き果てたのである……。

＊

「艦長！　九時方向より魚雷艇一が急速接近中。距離およそ二〇〇〇！」

戦艦〈大和〉の第二艦橋に急報が流れた。

すでに第一艦橋は被弾時に火炎で炙られ、使用不能となっている。大野竹二艦長も顔面に火傷を負い、一時は人事不省となっていたが、驚異的な回復力を示し、意識も取り戻していた。

彼はフネの首脳陣を一段下の第二艦橋に移し、再び指揮を執っていたのである。

田浦湾海戦に勝利し、第一艦隊唯一の生き残り戦艦となった〈大和〉は、這々《ほうほう》の体《てい》で逃げるBB-62〈ニュージャージー〉をあっさり撃沈すると、無事だった駆逐艦〈風雲〉を従え、唐美湾へ進撃していた。

すでに敵船団の姿はなく、艦砲をもって敵の橋頭堡を焼き尽くす意志を固めていたが、いきなり魚雷艇が出現したという状況であった。

〈敵なら、もう魚雷を撃っていよう。しかし味方でもない。友軍なら誤射を恐れて我らの前に顔は出すまい……〉

あまり迷う暇はなかった。雷撃されたら、貴重すぎる〈大和〉を失いかねない。災いの元は芽のうちに摘み取らなければ。

「この状況下で我らの前に現れるフネはすべて敵である。副砲と高角砲をもって撃滅せよ」

静かな、それでいて確たる艦長命令に〈大和〉は筒音をもって応じた。

左舷の火箭が信じ難い勢いで噴き出し、木造の小型艇に突き刺さった。装甲皆無の魚雷艇に耐えられるはずもなく、上部構造物は更地となった。大爆発を起こさなかったのは、魚雷を搭載していなかったためであろう。

それでも魚雷艇は前進を諦めなかった。機関はなおも生きており、行き足もついていた。

遠目には体当たりを試みているようにも思える。それに乗組員の意志が介在しているか否かは不明だが、まるで死地へ赴く手負いの動物だ。

「撃ち方やめぃ！　一騎打ちを所望しているらしいな。面白い。踏み潰せ！」

大野艦長は不敵にもそう命じた。

六万四〇〇〇トン対二四トンの戦いは秒単位で決着がついた。艦中央部に体当たりを強行した魚雷艇は、文字どおり海の藻屑と消えたのである。

ここに〈大和〉は敵総大将《マッカーサー》の御首級《みしるし》を頂戴したわけだが、大野艦長をはじめ誰ひとり、その事実には気づいた者はいなかった。

ラバウル戦役の勝負は決したが、当事者にその認識はなかった。彼らは全員が、まだ煮えたぎる戦場にその身を曝すことを希求していた。

「艦長、敵の橋頭堡ですが、こう暗くてはどこにあるのか視認できません」

副長の佐藤述《さとうのぼる》大佐が勢い込んで言った。

「それに、三式弾も零式弾も撃ち尽くしました。残っているのは徹甲弾が十数発のみです」

一切表情を変えずに大野艦長は断言する。

「波打ち際はすべて敵の橋頭堡である。徹甲弾が尽きるまで怒りを込めて撃ち尽くせ！」

戦艦〈大和〉は鬼神となり、ガゼル岬からココボまでの間を焦土に変えるべく、使用可能な全砲門を開いたのである。


タルサ作戦は完全なる破綻を迎えた。

これ以後も数日間は組織的な軍事行動が続いた。その中心人物はデイヨー提督であった。

彼は水兵だけでなく、海兵隊員も引き連れてジャングルへと逃走し、四週間以上にわたって退却戦の指揮を執り続けた。一〇〇キロ以上離れたワイド湾までたどり着いたとき、生存者は六六六名だった。

もちろん、大規模な反撃はいちども実施されず、ここに日本陸海軍はラバウル死守に成功したのである。
そしてアメリカ陸海軍にとっての惨劇は、これだけに終わらなかった……。

第5章 オペレーション・トルネード

1 タイム・トゥ・ダイ ——一九四三年一二月九日

クェゼリン環礁は、マーシャル諸島に位置する軍事上の要地である。

第一次大戦に勝利した日本の委任統治領となり、戦前から近代化工事が行われていた。昭和一六年春には海軍の第六根拠地隊が配備され、基地としての重要性は増す一方だった。

合衆国からすれば、実に面白くない存在である。クェゼリン環礁からハワイまでは約三九〇〇キロなのだ。攻略の足がかりにされれば厄介だった。

珊瑚礁に囲まれた環礁は艦隊根拠地として使用可能なまでに広い。対日攻勢のため、ぜひとも占領したい場所である。

マッカーサーはラバウル攻略に先立ち、クェゼリン環礁の征服を命令した。日本兵は五〇〇〇名程度と見積もられており、上陸作戦の実技練習として最適と判断されたのだ。

スカイクラブ作戦と名づけられた上陸計画は、一九四三年一〇月九日に実施され、成功裏に終焉したものの、訓練の目論見は不首尾に終わった。

日本軍は前日に総退却を行い、クェゼリン島を軸とする環礁一帯はもぬけの殻だったのだ。滑走路や道路、建築物なども無傷で残されていた。

これ幸いなりと上陸し、設備を再利用した連合軍だが、実弾訓練ができなかったのは痛かった。ラバウル戦役で陸戦が難渋した理由のひとつだ。

この状況を受け、一一月にギルバート諸島のタラワへ上陸して経験値を稼ごうとする意見も出た。だが、そうするにはタルサ作戦を延期せざるを得ない。速戦即決を望むマッカーサーは、タラワ攻略をあっさり放棄したのだった。

そして、クェゼリン環礁は真珠湾と前線を結ぶ貴重な中間基地として運用が始まっていた。ラバウルから引き上げてきたスプルーアンス艦隊が、そこに逃げ込んだのは当然であろう。

惜敗を惨敗にしないための選択肢としては悪くなかったが、彼らは自分たちが罠に落ちた現実を完全に忘却していた……。

＊

「司令、〈レキシントンⅡ〉がアンボール水道を抜けたそうです」

CV‐6〈エンタープライズ〉艦長マティアス・B・ガードナー准将が報告した。

「これで全空母が環礁内に避難できたことになります。まずはひと安心できるかと」

しかし、レイモンド・A・スプルーアンス海軍中将は、焦燥感に満ちた顔を見せるだけだった。

上官の沈んだ様子を見かねたクリフトン・スプレイグ大佐は、努めて明るく話しかけた。

「あと一時間で日没です。夜になれば狭い水道で座礁する危険もありました。安全地帯に到達したのは大勝利だと喧伝できます」

航空参謀の激励にも、スプルーアンスは反応を示さなかった。彼は黙ったまま時計を確認する。

現在の時刻は午後四時三〇分だ。

「五五時間で二〇〇〇キロ以上を踏破したとは、そう悪くない数字だな」

かろうじてスプルーアンスは言葉を絞り出した。

艦隊は平均二〇ノットで退却したわけである。

追撃を受けながらにしてはスピーディだったとも評せられよう。

特に、ここ数時間が鬼門であった。

環礁内へ通じる水道はいくつかあるが、日本軍が残していった海図を信用する限り、大型艦が通行できるのはタービック水道とアンボール水道だけだ。

前者は広いが遠浅であり、危険度が高いと判断されていた。後者は全幅こそ狭いものの、日本が浚渫《しゅんせつ》工事を進めていたため、正規空母でも出入りが楽だ。

ひとくくりにクェゼリン環礁というが、面積は広い。南北八〇キロ、東西一二〇キロにも及び、滑走路が建造されている島もひとつやふたつではない。

その中で最大なのは最南端のクェゼリン島だ。乗組員を上陸させ、休養させるには最適な島嶼《とうしょ》である。そこに向かうにはアンボール水道を抜けるのが最短経路だった。

灯台などなく、夜間の突破は事故が起きる可能性がある。日本海軍の潜水艦が待ち伏せしている公算も高い。隘路《あいろ》と思われていた水道を通過できただけでも幸運と考えるべきだ。

スプルーアンスもそんなことはわかっていた。しかし、皮肉めいた口調はやめられなかった。

「考えてみれば、空母一〇隻が半分になったのだ。

通過の時間も半分になって当然。ここに来られたのは、ねちっこい敵将の手柄かもな」

苦い真実に誰もが言葉を失った。

第五〇任務部隊は正規空母四隻、軽空母一隻にまで数を減らされていた。

無傷なフネは〈ヨークタウンⅡ〉と〈レキシントンⅡ〉だけであった。〈エセックス〉は魚雷で中破したままで、旗艦〈エンタープライズ〉も小破状態だ。

インデペンデンス型軽空母にいたっては、〈モンテレー〉が生き残っているだけだった。

ラバウルから撤退したときにはCV‐17〈サラトガⅡ〉もいたが、二日二晩にわたって繰り返された日本空母艦隊からの追撃で被弾炎上し、自沈処分せざるを得なかった。

速度が二二ノットまで低下しており、落伍したところを狙われたのだ。

護衛の駆逐艦も頭数が減っていた。もういちど空襲を受けたら、破滅は必至である。

「日本海軍がこれほど執念深いとは驚きです」

スプレイグ航空参謀が重々しく言った。

「真珠湾《パールハーバー》では反復攻撃を諦め、早々と帰投したというのに、今回はまるで違う。攻撃精神に溢れているようです。指揮官はナグモ提督ではないのでしょうか」

小さく頷いてからスプルーアンスは返した。

「空母部隊の運用に精通した人物が指揮を執っているのだろうな。そして不幸にも、我々には対抗手段がない。艦載機を地上基地に派遣してしまったからな」

スプルーアンスの台詞に嘘はなかった。

環礁は広いが、浅瀬も多く、空母は速度を出せない。合成風力を得られなければ、艦載機は飛び立てない。

　こうした場合、航空隊は地上基地に展開させるのが慣例になっている。

　ありがたいことに、地上基地で給油をすませたF6F - 3〝ヘルキャット〟戦闘機が上空直掩に従事してくれていた。数は五機だが、実に心強い援軍だった。

「たぶんですが、もう空襲はないでしょう」

　落ち着いた口調でスプレイグが言った。

「敵機は飛来するたびに機数を減らしていました。三時間前の空襲にいたっては八機のみ。クェゼリン基地の勢力圏に逃げ込んだのは、奴らも承知しています。仮に来ても逆撃で屠れます」

　その直後、機能を回復していた対空索敵用SKレーダーが機影をキャッチした。

『こちらレーダー班、北方より飛行編隊接近中。高度三〇〇〇、なおも上昇中』

　不穏な空気が流れたが、スプレイグが専門家として断言した。

「大丈夫。高度を上げていれば味方機《フレンドリー》です」

　スプルーアンスは双眼鏡を片手に防空指揮所への階段を昇った。

　航空参謀の説明は正解だった。大型の四発機が上空を通過していく。あんな飛行機など日本にはあるまい。

「陸軍航空軍のB17だろうな。ミッドウェーでもナグモ艦隊攻撃に力を貸してくれた」

　スプルーアンスはそう言ったが、スプレイグは違う見解を示すのだった。

「ノー・サー！　あれは最新鋭の爆撃機です！」

＊

「長官、もう充分でしょう。我々はアメリカ空母艦隊に王手をかけたのです。あとは飛車角に任せ、〈翔鶴〉以下四隻は引き上げるべきです」

航空参謀樋端久利雄中佐が力強く言うと、小澤治三郎中将は鬼瓦と称される表情を歪めた。

「第三艦隊は飛車でも角でもないのか。せめて金か銀であるように振る舞わなければ……」

樋端がすぐに続ける。

「すでに振る舞ったではありませんか。四八時間以上にわたって敵機動部隊を追い回し、八次にもわたる波状攻撃をしかけ、エセックス型空母一を沈めただけでなく、狙いどおりクェゼリン環礁へ追い詰めました。よもや山本長官でも文句は言われますまい」

空母は〈翔鶴〉〈千代田〉〈千歳〉〈瑞鳳〉の四隻に数を減らしていたが、小澤部隊は牙を失っていなかった。

艦隊速度二八ノットでアメリカ空母を追い回し、一〇機前後の編隊を差し向けてゲリラ的な空爆を繰り返したのだ。

ただし、損害も甚大であった。現在、稼働機は艦隊合計で二九機。うち二二機は零戦だ。艦爆と艦攻は壊滅に近かった。もう攻撃隊は出せない。

それを承知する小澤は静かに言う。

「アメリカが反撃に出れば、こちらも危なかった。敵将スプルーアンスは臆病か慎重かわからぬが、消極的なのは確実だな」

「何隻か飛行甲板を潰しましたから、運用できる艦載機は思いのほか減少しているのかもしれませんね。春に戦死したハルゼーは闘将でした。彼が仕切っていれば、我々が危なかったでしょう」

たしかに追撃戦は一方的な戦いとなった。スプルーアンス艦隊からは送り狼はおろか、索敵機さえ飛来しなかった。

現時点で、クェゼリン環礁までは約五〇〇キロ。艦載機の航続距離と日没までの残り時刻を勘定に入れれば、空襲の危険はあまり考えずともよい。

その常識的な目論見は、非常識な物体の介入によって粉砕された。

「二号一型対空電探に感あり。大型機が北東より接近中、一〇機以上のもよう！」

松原博艦長が即座に命じた。

「対空戦闘準備。高角砲および機銃は自由射撃を許可する。機関増速、三三ノットへ！」

樋端中佐も続いた。

「零戦を全機、上空にあげます。ほかの母艦にも通達を！」

命令はすぐさま実施された。待機中だった零戦五二型が次々に飛行甲板を蹴り、怪しい機影へと殺到していく。

「敵編隊、なおも接近中。高度七〇〇〇、降下する兆しなし」

その報告に樋端は専門家として意見した。

「高高度からの水平爆撃隊です。二階から目薬どころの話ではありません。命中はしませんよ」

小澤中将が力強く締めくくった。

「最後の山場だ。これさえ切り抜ければ、内地へ凱旋できるぞ。各員の奮闘を期待する！」

小澤機動部隊に襲いかかった最後の厄災は、最悪の結果をもたらす結果となった。

飛来したのはメイド・イン・ＵＳＡの銀翼だ。

信頼性に優れたボーイングのB17〝フライング・フォートレス〟ではない。B29〝スーパーフォートレス〟だ。

同じボーイング社が、B17の後継機としてではなく、戦略爆撃というまったく新しい任務のために製造した超大型機であった。

クェゼリン環礁の最北に位置するロイ島に集結していたB29は一二機。その任務はラバウル攻撃ではなく、オーストラリアへの回送であった。

本土空爆を企むルーズベルト大統領は、インドおよび中国の成都《せいと》に飛行基地を設け、そこを根城に日本列島を攻撃する意志を固めていた。

今回の一二機は、ハワイからオーストラリアを経由して、セイロンまで飛ぶ計画であった。

ところがスプルーアンス艦隊の敗走という前代未聞の事態を受け、使える兵器はすべて投入せよとの指示がオアフ島から届き、B29は初陣を飾ることになったのだ。

隊長はポール・ティベッツ陸軍中佐であった。ワシントン州シアトルで習熟訓練を受けてはいたものの、本番はリハーサルなしだ。

ティベッツ自身も乗り気ではなかったが、攻撃計画自体は楽なものであった。敵艦隊の上空まで飛び、爆弾の雨を降らせればよいだけである。

ゼロ・ファイターは怖いが、艦上戦闘機は高高度まで上がって来るのに時間がかかる。その隙に投弾し、逃げてしまえばよい。

戦果は最初からあまり期待できなかった。B29には精度のきわめて高いノルデン爆撃照準器が装備されているが、それは対地爆撃を目的としたものであり、対艦攻撃にはあまり向いていない。

だが、ここでも数は正義となった。

Ｂ17の爆弾搭載量が約五・四トンなのに対し、Ｂ29のそれは九トンを超える。一機あたり二四発の五〇〇ポンド（約二二六キロ）爆弾を搭載しており、一二機で二八八発にもなる。

実際は一機だけ故障で投弾ハッチが開かず、計二六四発となったが、それでも充分すぎた。洋上における絨毯《じゅうたん》爆撃は戦果を確実なものとした。

二発が〈翔鶴〉を直撃したのだ。

着弾の衝撃は、地震と落雷が同時に押し寄せたかのようであった。

やられたのは艦の中央だ。降り注いできたのは対艦徹甲弾ではなく、着発信管式の対地用爆弾であったが、高度七〇〇〇からの水平爆撃である。威力は急降下爆撃の数倍に匹敵した。

翔鶴型空母の飛行甲板は装甲化されていない。最初の一発でそこは火の海となり、強度は急激に落ちた。同一の箇所に落下した二発目は、弱体化していた飛行甲板を突き破り、格納庫で炸裂した。

ミッドウェー戦後、防炎に力を入れていた日本空母であったが、可燃物しか置かれていない飛行機格納庫に火が入ったのだ。鎮火の見込みは皆無と考えたほうがよい。

空母〈翔鶴〉は、甲板と言わず舷側と言わず、穿《うが》たれた穴という穴から火炎と黒煙を吐き出していた。島型艦橋だけは無事だが、フネとしての命脈が尽きかけているのは明らかだ。

「司令、内務長より報告です。無念ですが消火の見込みは薄いようです」

松原艦長の悲痛な報告に、小澤は艦隊の総責任者として覚悟を決めるのだった。

「そうか。では、総員退去を命じてくれ。生存者は駆逐艦に移乗させよ。〈翔鶴〉は放棄する」

一礼するや、松原艦長はマイクを手に取った。

「こちら艦長だ。全乗組員に達する。総員退去。任務放棄のうえ上甲板へ！」

すぐさま艦内の随所から『総員退去』の絶叫がいくつも折り重なって聞こえてきた。まだ無事な短艇を降ろそうという動きもある。

（乗組員は生存への意思を失っていないようだ。これなら大丈夫。この戦争が帰結したあと、彼らが新たなる日本を創ってくれる……）

わずかな安堵を抱きつつ、小澤は命じた。

「樋端中佐、君は〈瑞鳳〉に行け。丙部隊の大林末雄少将の指揮下に入り、残存艦をトラックまで導いてくれ」

「了解。しかし、私だけではちと荷が重いですな。どうか、長官も御一緒に」

「航空参謀も意地が悪いぞ。それができないのは知っているだろうに。私は〈翔鶴〉を看取らねばならぬ。駆逐艦にも処分の魚雷は撃たせるな。

本艦はここで炎上を続け、敵の視線を少しでも引きつける。今宵の竜巻作戦を側面から支援するためにな。そうすれば飛車角や金銀は無理でも、捨て駒くらいにはなれるだろうさ」

軍艦〈翔鶴〉はその後、八時間以上にわたって燃え続け、小澤中将と松原艦長は、いかにも帝国海軍軍人らしくフネと運命をともにした。

余談ながら、これが太平洋戦争において爆撃機B29が日本人に与えた最初で、そして最後の被害であった。

傷だらけの歴戦空母が波間へと姿を消したのは夜明け前のことだ。あと数時間、浮いていられたならば、捷報《しょうほう》が耳にできたかもしれない。

機動部隊の産みの親は機動部隊が潰えるとき、それに殉じたのであった……。

2　アンフィビアス・タンク

——一二月一〇日

午前三時三〇分、クェゼリン島は泥のような重い眠りについていた。

第五〇任務部隊の航空隊が着陸しただけでなく、艦隊乗組員も半舷上陸を許可されていた。

もともと無血占領であったため、緊張感は薄かった。守備兵も少ない。タルサ作戦のために主力部隊は転用され、島嶼には工兵が一〇〇〇名程度しか残っていないのだ。

ガダルカナルの勝利以降、連合軍に緩みが生じていたのは事実である。ラバウル要塞攻略の失敗をショック療法とすべきだったが、彼らはあまりに疲弊していた。

クェゼリン島は三日月の形をしているが、薄曇りの夜空にかかる地球の衛星は満月に近い。

これもまた警戒感を解く要因のひとつになっていた。古来より軍事作戦は月のない夜に実施されるのが常識だからだ。

そこにティベッツ中佐率いるB29爆撃隊から連絡が届いた。しつこく追跡してきた日本空母一隻を撃破したと。

安全を保証してくれる吉報に、誰しもが安堵を抱き、眠りについた。夜明けの数時間前に天候は悪化し、雷鳴も響いてきたが、それを気にする者はごく少数であった……。

アメリカ人は、世界中どこでもアメリカにしてしまう。それが海軍大尉ジェラルド・R・フォードの率直な感想であった。

クェゼリン島という太平洋の中心に浮かぶ僻地も例外ではない。こいつらはビールをあおり、バーベキューをやらなければ死ぬ病気にでもかかっているのだろうか。

水兵の多くは酔い潰れていた。工兵がこっそり持ち込んだ酒を提供した結果である。勝利の美酒ではなく、自棄《やけ》酒に限りなく近かった。

こんな酒など飲んでも旨くはない。生真面目なフォードは飲酒の勧めなど断り、深夜の滑走路で寝ずの番をしていたのだ。

彼はCV-26〈モンテレー〉の砲術士官で、ボフォース四〇ミリ対空機関砲の指揮と管理が任務であった。

半舷上陸に同行したのは休息を欲したからではない。羽目をはずすであろう部下たちを掌握するのが目的だった。

多くの水兵は滑走路の側で雑魚寝をしていた。宿舎はあるが数が足りないのだ。間の悪いことに小雨が落ち始め、遠雷も聞こえてきた。

「フォード大尉、この夜中にブルドーザーを動かしている馬鹿がいますよ！」

声をかけてきたのは顔見知りの搭乗員だった。第五一雷撃飛行隊のジョージ・W・ブッシュ少尉である。

まだ二〇歳だが、TBF-1〝アヴェンジャー〟艦上攻撃機のパイロットを任されている前途有望な若者だ。

「ジョージ、君まで酔っているのか。ここの連中を見たまえ。退廃《デカダン》の極みだよ。夜明け前、それも雨天を衝いて滑走路の工事をする勤勉な者など、いるわけが……」

そこまで言ったフォードだが、南の木陰に用意された誘導路に怪しい影が蠢いているのを見い出した。

複数の稲光が煌《きら》めき、天然のフラッシュが轟音を奏でる鉄塊を照らし出した。

無限軌道を持つ車輌だ。先端部は尖っており、ブルドーザーには必須のバケットがない。車体の上部には機銃らしきものまで確認できた。

いちばんの不審物は、車体の両側に抱えられた円柱形の物体である。雷撃機を操るブッシュ少尉は、その正体をひと目で看破するのだった。

「大尉！　魚雷です。あのブルドーザーは大型の魚雷を抱えています！」

反射的にフォードも叫んだ。

「なんてこった。あれはブルドーザーじゃない。水陸両用戦車《アンフィビアスタンク》だ！」

＊

夜陰に紛れてクェゼリン島へと上陸を果たし、滑走路へと侵入したのは日本海軍の特四式内火艇であった。

略称は〝カツ車〟だ。全長一一メートル、自重一七・七トンと結構なサイズを誇り、それでいてフロートなどの追加装備なしで海上も航行できる軍用車輌であった。

地上は履帯で走り、水面に浮いている際はスクリューで推進力を得る仕組みだ。

アメリカ海兵隊がラバウル戦で投入したＬＶＴに似ているが、任務は違う。特四式内火艇は上陸作戦に用いられるのではない。

車体に強引に搭載された二本の魚雷で、敵艦を奇襲する水陸両用の魚雷艇なのだ。

最大で洋上を一六〇キロ走れるが、スピードは時速八キロと遅い。そのため敵の泊地近くまでは潜水艦で運ばれ、浮上後に機関の部品を装着して発進し、攻撃地点に向かう段取りだった。

投入された伊号潜水艦は〈伊三六潜〉を筆頭に九隻。カツ車はそれぞれ二輌ずつ搭載されており、総計で一八輌がクェゼリン島に押し寄せた計算になる。

奇想天外なる殴り込みを企画したのは黒島亀人《くろしまかめと》大佐であった。

連合艦隊先任参謀だったが、海軍甲事件を生き抜いた山本五十六《いそろく》が首脳陣の刷新を実行した結果、軍令部第二部長にまわされていた。

当初こそ閑職だと不満気味であったが、裏面には山本の深謀遠慮があった。長官は真珠湾攻撃に匹敵する作戦を立案させるため、あえて連合艦隊司令部から黒島を外したのだ。

仙人参謀という渾名からわかるように、黒島は天才と狂人の間を行き来する人物だった。カンが呆れるほど鋭く、海軍甲事件の際も直前で腹痛を装って一式陸攻には乗らず、難を逃れている。

黒島が一週間で立案したのが、泊地に追い込んでのアメリカ空母殲滅であった。

特四式内火艇を用いての群狼戦術だ。水陸両用車を大量に投入し、海軍伝統の夜襲をもって雷撃戦をしかけるのだ。〝竜巻作戦〟という景気のよい命名も、彼によるものであった。

大前提となったのが、クェゼリン環礁からの自主退去である。

せっかくの艦隊根拠地を敵の手に渡すことには

拒絶反応もあったが、山本長官が政治力で押し切った。すべては最終的勝利のためなりと。

実際に投入された特四式内火艇だが、海軍技術中佐の掘元美《ほりもとよし》が基本図面を引き、三菱重工が独自の改造を施したものである。

試作車にてテストをした結果、弱点が判明した。駆動系が非力で、思うように岩礁を越えられないのだ。

クェゼリン環礁は珊瑚礁と岩礁で周囲が形作られている。各水道の防備が堅い以上、内部に入るにはリーフを突破するしかない。そのために製造された特四式内火艇であったが、使えないと判断されてしまった。

もともと掘技術中佐の案では、砂浜に上陸して物資を運搬する輸送艇であった。登坂力が乏しいのは当然である。


ここで黒島は、彼らしい逆転の発想を提示した。岩礁が越えられないのなら、越えなければよい。無難に砂浜を上陸し、島を縦断して空母を目指せばよいのだと。

長年統治していただけのことはあり、日本海軍はクェゼリン島の地理を知り尽くしていた。細長い島で、場所によっては八〇〇メートルも走れば対岸なのだ。

大胆不敵な敵中横断であり、犠牲は覚悟しなければならない。

奇襲も期待できなかった。三菱製の直列六気筒空冷ディーゼル発動機だが、騒音が激しすぎた。間違いなく接近中に気づかれてしまう。

だが、天運は日本軍に味方した。驟雨《しゅうう》と雷鳴がうまい具合にカツ車の姿と音を覆い隠してくれたのである。

そして、一二月一〇日の夜明け前——水陸両用の鉄獣は、海上で二輌が航行不能になったものの、残りはすべて上陸に成功したのだった。

＊

「起きろ！　ジャップだ。ジャップが来た！」

フォード大尉は死んだように眠りこけている兵士の尻を蹴飛ばしながら叫んだが、この状況でさえ立ちあがる者は少なかった。

動きに冴えを示したのはブッシュ少尉だ。彼は滑走路の隅に駐機してある三座機のＴＢＦ‐１へと走り、迷わず機銃手席についた。

球型動力銃塔がゆっくり回り、ブローニングＡＮ／Ｍ２の銃口が敵戦車へと向けられた。通常は電動モーターで旋回するが、いまは人力で動かしているらしい。

すぐに連射が始まったが、一二・七ミリの機関銃では戦車に通用しないだろう。むしろ銃声音は兵士たちを正気に戻す効果のほうが高いのではないか。

そう考えたフォードだったが、現実は常にそうであるように、意外な方向へ転がり始めた。

機銃弾は水陸両用戦車の側面を簡単に貫いた。エンジンが損壊したのか、無限軌道が回転するのをやめ、車体も停止したのである。

実はカツ車の装甲は一〇ミリと薄く、防弾鋼ですらない。距離にもよるが、直撃すれば小銃でも穴が開いてしまう。海軍は戦車ではなく、あくまで魚雷艇の亜種と考えており、防弾はほとんど考慮されていなかった。

ブッシュ少尉はなおも銃撃を続け、もう一輌の特四式内火艇をしとめた。

魚雷に着弾したのか、それは盛大に燃え上がり、あたりを昼間に変える。

だが、栄光の瞬間はすぐに終焉を迎えた。

異形の敵戦車は、仲間を鉄屑に変えたアヴェンジャーに反撃を試みた。二挺の九三式一三ミリ機銃が発射され、ブッシュ少尉の乗る機体はエメンタールチーズのように穴だらけとなった。

すぐ燃料タンクに火がまわり、炎上が始まった。フォードが駆け寄ろうとした刹那、TBF‐1は火炎を空へ吹き上げ、粉微塵となってしまった。

凄まじいブッシュ少尉の散り際に、フォードは純粋な怒りを抱いた。

おのれ、ジャップの糞猿め。絶対に生きて帰すものか！

しかし、日本の戦車は自衛以外の戦闘を欲していないらしい。合計三〇〇以上の空母機が群れているのに、それには目もくれず、滑走路を横断していく。

目指すは島の北側のようだ。不格好な水陸両用車輌が砂浜を駆け抜け、再び水面に浮いたとき、フォードは相手の狙いを再認識するのだった。

「まずい。ジャップは魚雷で空母を襲う気だぞ。通信兵はいないか！　スプルーアンス提督に警告しなければならん！」

返事は、どこからもなかった。白兵戦に慣れていない水兵たちは恐慌状態となり、算を乱して逃げ回るばかりだ。

フォードは通信機を求めて管制塔へ走ったが、横から轟いた銃声に思わず伏せた。

ゆっくり匍匐《ほふく》前進で進みながら、無理やり首を曲げて視界を確保する。

驚くほど背の低い兵隊が鬨《とき》の声をあげて突撃し

てきた。誤認の危険性など皆無だ。戦闘を生業とする日本兵たちである。

＊

クェゼリン島の滑走路に突入を果たしたのは、第八連合特別陸戦隊の兵士たちであった。

決死隊の総数は二一〇名。総指揮官は大田実《おおたみのる》海軍少将である。その任務は特四式内火艇の進撃路確保であった。

彼らは潜水艦に分乗し、クェゼリン島まで到達していた。闇に紛れてゴムボートで上陸し、抜刀して戦場へ乱入したのだった。

独創的アイディアではない。アメリカ海軍には、すでに先例があった。

今年八月のマキン島奇襲作戦がそれだ。大型潜水艦〈アルゴノート〉〈ノーチラス〉に二二〇名の海兵隊員を乗せ、夜間上陸を強行したが、それを真似たわけである。

陸戦隊員を運んだのは巡潜甲型の〈伊九潜〉と〈伊一〇潜〉、そして巡潜乙型改一〈伊四〇潜〉の三隻であった。

各潜水艦は、それぞれ七〇名の武装した陸戦隊員を乗せられるように改修されていた。

通常の乗組員が一〇〇名弱だから、かなりの過積載である。魚雷を三分の一まで減らし、どうにか空間を確保したが、狭隘《きょうあい》な艦内は地獄であった。

陸戦隊員はため込んだ不満を、すべてアメリカ兵にぶつけたのである。

もちろん、二一〇名でクェゼリン島を制圧できるわけもない。特四式内火艇が任務を完了し、撤収するのとタイミングを合わせ、再び潜水艦に戻る計画であった。

ところが、である。アメリカ兵のあまりの弱体ぶりを見抜いた大田少将は、戦果を拡張すべきと判断し、駐機している艦載機の爆破を命じたのであった。

陸軍から供与された八九式重擲弾筒が唸ると、そのたびに敵機が炎上していく。炎の数に反比例するかのように、アメリカ海軍の水兵たちは戦意を失っていった……。

夜襲が成功したのは偶然ではない。事前準備の賜物であった。

日本海軍はクェゼリン環礁の詳細な地図を作成済みで、どの浜が遠浅で、どこから上陸すれば滑走路に近いかも把握できていた。

環礁内部も熟知していた。大型艦が投錨するとなれば候補地は限られる。クェゼリン島の北方であろう。

特四式内火艇は轟音を奏でつつ、海面を這った。駆逐艦さえいれば容易に撃退できたであろうが、小型艦ははるか北のルイ島の周辺に投錨しており、駆けつけることはできなかった。

洋上で一輌がエンジントラブルを起こし、残り七輌となったものの、特四式内火艇は一四本もの魚雷を発射することに成功した。

直径四五センチ、全長五六〇センチの二式魚雷である。炸薬は三五〇キロ。雷撃機用の九一式航空魚雷のそれは、最大でも二四〇キロだ。破壊力では数段勝っていた。

航走距離は三〇〇〇メートルと短いが、肉薄発射が前提であるため、あまり弱点にはならない。その代価として三九ノットの速力を発揮できた。

アメリカ空母は逃げ込んだばかりで、防潜網の準備などあろうはずもない。しかも投錨し、機関もとめているのだ。

九〇〇メートルという超至近距離から放たれた二式魚雷は、四本が〈ヨークタウンII〉の下半身を襲い、二本が〈レキシントンII〉を直撃した。

CV-10〈ヨークタウンII〉は艦尾を力任せに捩じ切られた。艦首が持ち上がり、舳先が海面に露出した様子はあまりにも無様であった。

CV-16〈レキシントンII〉は右舷中央を連打され、海水が大量に流入した。同一の艦名を持つ先代同様、フネは横倒しに斃《たお》れた。それがとまったのは島型艦橋が水没した頃であった。

環礁内は浅瀬で、転覆も沈没もしなかったが、両艦とも永遠に使い物にならないのは、誰の目にも明らかだった。

＊

航空母艦〈エンタープライズ〉が惨劇に気づいたのは、僚艦〈ヨークタウンII〉が被雷した直後であった。

艦長のガードナー准将は徹夜で各部の修復作業の陣頭指揮に従事しており、不意の爆発にいち早く対応できた。

航海艦橋に駆け戻ってきた彼は大声で命じた。

「総員戦闘配置だ！　機関再起動を急げ。外海に出なければならん。錨を上げろ！」

ガードナーの脳裏に浮かんだのは特殊潜航艇であった。日本海軍は二人乗りの小型潜水艦を開発しており、真珠湾やシドニー港で実戦に投入している。おそらくそれだ。

「誰か司令を起こしてこい！」

この場にスプルーアンス中将の姿はなかった。いついかなる場合でも睡眠時間を確保する彼は、自室で静養していたのである。

　司令がブリッジに現れたのは五分後であった。軍服をきちんと着込んでいるのは、過度なまでに几帳面な性格を表していよう。

「艦長、どうやら敵襲のようだね。損害は？」

「二隻やられました。〝オールド・ヨーキー〟と〝レディ・レックス〟の二代目が魚雷を食らったようです」

「日本海軍の潜水艦だろう。環礁内に侵入されたとは大失態ではないか。駆逐艦が各部の侵入経路を見張っていただろうに」

「いまは責任が誰にあるかなど詮索しても仕方がありません。〝ビッグE〟を外海に出します。ここにいたのでは、狙い撃ちにされますから」

「待ちたまえ。水道の先に潜水艦が待ち伏せしていたら、どうする。ロイ島から駆逐艦を呼び戻し、安全を確認させるのだ。それまでは環礁内で回避に専念せよ。艦載機も飛ばさなければな。スプレイグと連絡が取れないか」

　クリフトン・スプレイグ大佐はクェゼリン島に上陸していた。航空参謀として、着陸した艦載機とパイロットの監督をするためだ。

　ガードナー艦長は沈鬱な表情で島を指さした。無気味な光輝が陸地を照らしている。朝焼けにしてはオレンジ色が濃すぎた。

「滑走路が……燃えているのか」

　そう口にするのが精いっぱいだったスプルーアンスへと、艦長は早口でぶちまけた。

「これは周到に仕組まれた罠です。我々はまんまと、それに嵌《は》まったのです。

いま思えば、ジャップはラバウルにアメリカ陸海軍を誘引したのかもしれません。もしやクェゼリンを無血占領できたのも謀略だったのでは？」

沈黙のあと、スプルーアンスは鋭敏さを取り戻したかのように、こう言うのだった。

「もっと前からだ。アドミラル・ヤマモトの撃墜未遂事件が発端だろう。アメリカは、あのギャンブラーの掌《てのひら》で踊らされてしまったのだ。これではハワイの大統領《プレジデント》にあわせる顔がない」

「ミスター・ルーズベルトが真珠湾に？　そいつは初耳ですが」

「ウルトラ・トップシークレットだったからな。艦隊でも知っているのは、私のほかにはスプレイグだけだ。発言力が下落した海軍をバックアップするため、戦勝を前線近くで祝う気だった。いまとなっては虚しい算段だが……」

司令と艦長の会話は絶叫で停止させられた。

『こちらレーダー班、北北西より不明機の編隊が接近中。あと五〇キロ！』

3　ギャラクシー・エンジェル

——同日、午前五時

クェゼリン環礁を襲撃する竜巻作戦は三段階に分かれていた。

特四式内火艇による攻撃が第一波、第八連合特別陸戦隊による強襲が第二波、そして陸上爆撃機〝銀河〟による大規模空襲が第三波だ。

これは梓《あずさ》特別攻撃隊と命名され、第五〇一および第七〇一飛行隊の銀河で構成されていた。

総計七一機である。事故で失われた機体もあったが、量産に着手したばかりの新鋭機をこれだけ揃えられたのは、山本大将の後押しがあればこそだろう。

集結基地はウェーク島だ。開戦直後に制圧したここが、竜巻作戦の前進基地となった。

戦略的に価値が薄いと判断され、アメリカ軍も無視していた小島が、この状況でクローズアップされたのだ。

ウェーク島からクェゼリン環礁まで直線距離で一一五〇キロ。過重状態で五三〇〇キロを飛べる銀河にとって格好の根城だった。特四式内火艇を搭載した潜水艦もここに寄港し、補給を実施している。

銀河隊を率いる隊長は江草隆繁《えぐさたかしげ》少佐であった。真珠湾からインド洋、ミッドウェーと前線で戦い抜いた歴戦の艦爆乗りだ。

二式飛行艇が誘導機として先導してくれたが、江草のようなベテランならば長距離洋上飛行などお手のものである。

自動操縦装置も使わず、出撃して四時間で迷いもせずにクェゼリンに到達できたのは、彼の経験のなせる業《わざ》であった。

時刻は午前五時三〇分。日照の時間帯である。雨雲はいずこかへ消え去り、朝焼けが徐々に闇を駆逐していくさなか、環礁内には異物がいくつも見えてきた。

巨鯨めいた鋼鉄の艨艟《もうどう》だ。高度四〇〇〇からでも、黒煙と火炎を吹き上げているのが見える。

「いたぞ！　アメリカ空母だ。もう特殊潜航艇が何隻か沈めているみたいだな。これで真珠湾の九軍神も浮かばれるだろう」

江草はそう叫んだ。軍機である特四式内火艇の存在は知らされておらず、潜水艦が特殊潜航艇を潜入させたと思い込んだのである。

単座機とは形状があまりに違う操縦桿を両手で握りつつ、江草は命じた。

「第一、第二中隊に命令する。計画に変更なし。まず爆撃隊が急降下で空母の甲板を潰し、雷撃隊がトドメを刺す！」

先陣を切りたいところだが、隊長機を任されたからには戦果確認を主任務とせねばならない。

第一中隊の黒丸直人《くろまるなおと》大尉と第二中隊の福田幸悦《ふくだこうえつ》大尉は、ともに秀でた飛行機乗りだ。切り込み隊長を任せて不安はなかった。

敵艦隊まであと二〇キロ。ここで初めて対空砲火の洗礼を浴びたものの、濃密な弾幕とは言い難いレベルだ。

「巡洋艦も駆逐艦もおらん。これなら強襲できる。突撃信号を上げろ！」

後ろに座る電信員が信号弾を打ち上げた。その途端、逆落としが始まった。各一二機ずつで編成された銀河隊は、まだ停止状態に近い敵空母へと急降下を敢行する。

抱えた爆弾は二発。二式五〇番通常爆弾一型である。約五〇〇キロの対艦爆弾だ。

銀河は八〇番と呼ばれる自重八〇〇キロの巨弾さえ運搬できたが、これは戦艦用であり、空母が相手ではオーバーパワーすぎる。それよりも数を増やし、命中率をあげたほうが効果的だ。

爆弾や魚雷をむき出しで積む一式陸攻と違い、銀河には爆弾倉が用意されていた。航空魚雷も搭載できる大型のものである。

速度と燃費を重視する銀河ならではの設備だ。また爆弾はともかく、魚雷はデリケートであり、運搬中の衝撃で起動不能に陥る実例もあった。技術的な信頼性さえ確保できれば、ぜひともほしい装備品だ。

急降下した銀河の爆弾倉だが、その扉はすでに内側に収納されていた。二発の五〇〇キロ爆弾が誘導桿で引っ張り出され、機外へと露出した。

投弾高度は六五〇メートル。第一中隊は東の大型空母を、第二中隊は西の軽空母を狙う。

一トンもの重量物を棄てた機体は、海面二〇〇メートルで引き起こしを終え、一目散に逃走していく。

そして、閃光がアメリカ空母を包んだ。

命中率は驚くべきレベルに達していた。エセックス型には四発、インデペンデンス型には九発が炸裂した。

三万トン級の空母はかろうじて衝撃に耐えたが、鎮火不能なレベルの大火災を起こし、飛行甲板を全損した。軽空母にいたっては、船体が四分五裂となり、すでに軍艦の体《てい》をなしていない。

破壊の憂き目に遭ったのは〈エセックス〉および〈モンテレー〉だった。二隻は、ここに死を約束されたのである。

「第三中隊から第五中隊へ伝達。炎上中の母艦は放置し、生き残りの無傷のフネを狙え。かなりの確率でヨークタウン型と思われる。〈エンタープライズ〉に違いあるまい！」

高度二〇〇〇で待機中だった三六機が一斉に緩降下に入った。この三隊は雷撃隊だ。抱えた得物《えもの》は九一式航空魚雷改二であった。

銀河は持ち前のスピードを生かし、時速五五〇キロでの高速雷撃射法も研究されていたが、クェゼリン環礁は真珠湾同様に浅瀬だ。速度を出しすぎると魚雷が海底に突き刺さってしまう。

そこで今回は時速三〇〇キロ、高度二〇メートルからの雷撃が敢行された。魚雷の尾部には木製の安定器が装着されている。これも真珠湾攻撃の際と同じであった。

突撃中の三六機を真上から凝視する江草少佐は、銀河の汎用性の高さに、いまさらながら感心していた。

試作段階から高速連絡機として運用され、実戦では急降下爆撃から雷撃まで器用にこなす。航空技術廠では夜間戦闘機への改造も検討されているらしい。

ほれぼれするほどスマートな双発三座機の勇姿を見送る江草の耳に、雑音まじりの声が響いたのは次の瞬間だった。

『こちら、第六中隊の山本。我が隊だけ突撃命令を頂戴できないのは納得できぬな』

江草は攻撃隊指揮官として、こう返した。

「第六中隊は予備戦力です。最後の急降下爆撃隊なのです。真打ちが、常にいちばん後に登場することはご存じのはずでは」

『これでは、なにもしないうちに舞台の幕が下りてしまうぞ。突撃命令を頂戴したい』

「いけません。梓特別攻撃隊の指揮権は私にあるのです。たとえ連合艦隊司令長官でも従ってもらいますぞ！」

声の主、すなわち山本五十六大将は、第六中隊の隊長機に偵察員として同乗していたのだ……。

連合艦隊司令長官自らの出陣である。

出撃直前にこの事実を知らされた梓特別攻撃隊の士気は、天を衝かんばかりに向上した。

自粛を促す声は連合艦隊司令部全員の総意とし

て提出された。指揮官先頭は帝国海軍の伝統ではありましょうが、いまはそれを実施すべき場面ではないと。

だが、山本は断言した。

『次期連合艦隊司令長官の候補者をすべて前線に出したのだ。現職が出ないのでは話にならぬ』

こうなれば翻意など不可能である。せめてもの抵抗として目付役を江草少佐に頼み、できるだけ戦場後方に配置させるしかなかった。

第六中隊は魚雷ではなく、爆弾を抱いていた。撃ち漏らしがあった場合、介錯をするのが任務である。うまくいけば戦闘に参入せずともすむ。

そのはずだった……。

江草の叱咤めいた口調に、山本五十六は機内で首をすくめるのだった。


「仕方ない。攻撃隊長の命令には従おう。だが、僕が霞ヶ浦で草案を練った陸攻隊だ。きっと獲物を残してはくれまいよ」

その台詞は、すぐ真実となった。

三六機の銀河で構成された雷撃隊は、対空砲火で六機を撃破されたものの、残る機体は魚雷投下に成功した。

ヨークタウン型空母は動き出したばかりらしく、一〇ノットに届かない足並みだ。投網を投げたかのように三〇本もの航空魚雷が迫る。

CV‐6〈エンタープライズ〉の島型艦橋《アイランド》から迫り来る魚雷《フィッシュ》の束を確認したスプルーアンスは、すべてが終わったことを悟った。

日本人が銀河《ギャラクシー》と呼ぶ美しい飛行機は、天使《エンジェル》の優美さを携えたまま、空母の上空を足早に駆け抜けていった。

　ガードナー艦長が回避を命じたが、古代マケドニアのファランクスにも似た密集度なのだ。逃げ切れるはずもなかった。

　被雷の寸前、スプルーアンスはひとつだけ自分の決断を賞賛したい気分になった。スプレイグを上陸させておいてよかったと。

　彼が生き残れば、第五〇任務部隊の敗北を学び、新しい世代の空母艦隊を完成させてくれよう。

　おそらく一〇年単位の時間がかかるだろうし、代償も非常に高価についたが……。

　その直後、〝ビッグE〟こと〈エンタープライズ〉の右舷に一二本もの魚雷が突き刺さった。

　水柱と火柱が折り重なって立ち昇った。業火は瞬時にして艦橋構造物を焦熱地獄に変えた。

　レイモンド・スプルーアンス海軍中将の心臓は、鼓動を打つという単純作業から永遠に解放されたのである。


「天佑だ。憎き〈エンタープライズ〉が転覆する瞬間を目撃できるなんて！」

　そう言ったのは第六中隊隊長機を操る高岡迪大《たかおかすすむ》尉だ。山本とは海軍甲事件以来の縁である。

「これでミッドウェーの仇が討てましたね。山口《やまぐち》多聞《たもん》中将も靖国で喜ばれておられましょう」

　しかし、山本は答えなかった。数えにくくなった亡き友の顔が脳裏に浮かんだからである。

（この場では勝ちを拾えたが、これを停戦にどう繋げるかは難題中の難題だ。代価として、さらなる犠牲を覚悟しなければならん。部下をこれ以上、黄泉《よみ》に送りたくはないがな……）

　空母が消えると同時に対空砲火も潰えた。クェゼリン島からも敵弾は飛来しない。ここは戦場の殻を脱ぎ捨て、平時へ戻りつつあった。

これなら上陸した陸戦隊も撤収できるだろう。竜巻作戦は、ここに完遂できた。この手で刃を振るえなかったのは残念だが、ひとまずウェーク島まで戻り、事後の策を練らなければ。

山本がそう考えた瞬間であった。操縦士の高岡大尉が叫んだ。

「長官！　軍艦旗が揚がっております！」

見間違えではなかった。滑走路の監視塔に掲げられているのは星条旗ではない。曙光の中に輝くそれは、朝陽をシンボライズした軍旗だ。

「陸戦隊が占領したか。よし、着陸せよ！」

4　スマイル・ダウン・ランウェイ
――同日、午前六時

クェゼリン島占領を宣言し、旭日軍艦旗を掲げさせたのは大田実少将であった。

当初の予定では占領など想定外であった。第八連合特別陸戦隊は二一〇名と寡兵だ。実質的には決死隊そのものであった。

しかし、アメリカ兵の士気はきわめて低く、無抵抗を決め込む者が多かった。戦闘を本職としない工兵と疲れ果てた水兵しかいなかったためだが、大田はその事実を知らなかったのだ。

雷撃を終えた特四式内火艇が六輌も再上陸し、九三式一三ミリ機銃で艦載機を破壊した。虎の子の空母機が燃え盛る情景は、米兵に絶望感を植えつけるに足るものであった。

駄目押しとなったのが、空母全滅という悪夢的風景である。乗るべき飛行機もなければ、帰るべきフネもない。もはやアメリカ兵は敗北を受け入れる以外に生きる道はなかった。

軍門に降る交渉に携わったのは〈エンタープライズ〉を降りていたクリフトン・スプレイグ大佐である。

彼は空母が壊滅しても怯《ひる》まず、艦隊の残存戦力と連絡を取ろうとした。環礁北部のロイ島には、軽巡〈クリーブランド〉と駆逐艦五隻が投錨しているはずだ。

護衛艦が極端に減少していたのは、撃破された空母の乗員を救助し、真珠湾へと向かったフネが多かったためだ。大艦隊ならではの弱みが露呈した瞬間であった。

そして無念にも通信は途絶したままであった。

後日、〈クリーブランド〉と駆逐艦は己の判断でハワイ方面へと撤退していたことが判明したが、彼らを責めるのは筋違いだ。指揮系統が混乱するなか、最善と思われる行動を選んだにすぎないのだから。

コンクリート製の管制塔にいたスプレイグは、命からがら逃げ延びたフォード大尉から滑走路の惨状を聞くと、白旗をあげるしかないと判断したのだった。

徹底抗戦したところで、ただ死ぬだけである。一時的に虜囚の身となっても、捕虜交換など生還する道はいくつもあるはずだと。

幸いにして大田少将は血に飢えておらず、降参の申し出を承諾した。死傷者は日本側が一九名、アメリカ側が二二〇名であった。

太陽が東の水平線を染め上げた頃、スプレイグ大佐は上陸した敵の規模を把握し、愕然とするのだった。

総勢三〇〇名もいないではないか。非武装ではあるが、一〇倍以上の水兵がいながら、あっさり降参してしまった。これは致命的なミスだろう。

現在は武装解除が順調に行われており、抵抗は不可能だ。兵士は島の東北部への移動を命じられ、滑走路はクリアになっていた。

もしや日本軍は占領の意志などなかったのではあるまいか？　我らは栄光と勝利をプレゼントしてしまったのでは？

絶望に打ちひしがれるスプレイグは中型双発機が滑走路を目指し、降下してくるのを認めた。

陸上爆撃機の銀河《フランシス》だった。航空機に一家言あるスプレイグは、洗練されたシルエットを目撃し、羨望に唸らされた。

そして機体から降りてきた男を目撃した瞬間、彼は一驚するのだった。

飛行服姿だが、相手はアドミラル・フィフティシックス・ヤマモトに違いなかった。

案内された敵の総大将は、スプレイグの前まで歩み寄ると、見事な敬礼をしてみせた。そして、滑らかな英語で語りかけてきた。

「貴官がスプレイグ大佐かね。私がヤマモトだ。まずは部下を掌握してくれて感謝したい。いちど降伏した相手に再び銃口を向けるのは、趣味ではないのでね」

「我々は抵抗を放棄しますので、ハーグ陸戦法規に基づく扱いを願います」

「もちろんだ。ここには重巡戦隊が接近中です。

君たちを分乗させ、トラック島に運びます。その旨を伝えてもらいたい」

「責任をもって全員に伝えます。それにしても驚きました。まさかヤマモト提督が最前線で指揮を執っておられるとは。日本海軍は常にこうした人事で戦争に挑むのでしょうか」

山本五十六は苦笑して返した。

「ノー。私くらいだろう。アメリカ合衆国という常識外の相手と渡り合うためには、常識外の手段を選択するしかなかった。それだけの話ですよ」

「私のボスのニミッツはハワイから滅多に動こうとしません。これが勝敗を分けた原因でしょうか」

「真の上官はそれでよいのだ。総大将が最前線に出るなど奇策でしかない。すべての資源に乏しい日本は、せめて人的資源だけでもまわさなければ。私はその潤滑油にすぎないのですよ」

「やはり覚悟が違いすぎるようですね。車椅子の大統領ことミスター・ルーズベルトがハワイへと到着する頃合いですが、その目的は士気高揚ではなく、戦勝を祝うためと聞きます。すべては来年の選挙の布石でしょう」

そう言った直後、山本五十六大将の双眸《そうぼう》が妖しく光った。失言に気づく暇さえ与えず、彼はこう言い切ったのだった。

「スプレイグ大佐、貴官と話せてよかった。そして、クェゼリン島に着陸してよかった。もう会うことはないと思うが、どうか御健勝で」

*

「長官！　ここはまだ危険ですぞ！」

管制塔に姿を見せた山本五十六を大田実少将は厳しい口調で諌《いさ》めた。

「勢いのまま占領予定になかったクェゼリン島を奪取しましたが、こちらの戦力が露呈すれば、逆襲は必至。銀河に給油をすませ、ウェーク島にお戻りください」

大田は海兵四一期卒で、海軍における陸戦の第一人者だった。失敗に終わったミッドウェー作戦でも、本来なら上陸作戦の指揮を一任される予定の傑物であった。

だからこそ理解できていたのだろう。大規模な反撃を食らえば全滅は避け難いと。

「うむ。すぐにお暇《いとま》するよ。ところで、ラバウルの状況は入っているか」

「はい。ここの無線機は無事でした。撤収時に無傷のまま残していましたが、アメリカ軍はそれを流用していたらしく、整備も上々でした」

「それで首尾は?」

「ラバウル要塞は健在です。海軍砲台総指揮官の小柳富次少将と連絡がとれました。戦艦〈大和〉の鬼神の如き大活躍により、敵の橋頭堡は壊滅したようです。

陸軍も奮戦してくれました。密林に分散して逃げ込んだ敵の掃討に入ると、陸軍第八方面軍司令官今村均中将から通達を受けたとのことです」

「敵船団はどうなったかな」

「沿岸砲が威力を発揮し、逃げるか沈むかの運命をたどったみたいです。飛行場も機能を回復しつつあります。制海権と制空権を握った以上、我らの勝利は揺るぎなきものと断言できましょう」

「その代償は? よもや血を一滴も流さなかったわけではあるまい」

大田は悲痛をきわめた表情で真実を告げ、山本は絶句するのだった。

古賀峰一、豊田副武、小澤治三郎の各提督は、すでに戦死した可能性が濃厚だという。

「なんということだ。〈大淀〉で鳩首《きゅうしゅ》協議をした五人のうち、三名が靖国へ向かったのか。敵弾を免れたのは高須くんだけとは……」

「長官、非常に申し上げにくいのですが、ラバウル航空艦隊司令官の高須四郎中将も、すでにこの世の人ではありません。

北崎海軍砲台に戦車を増派するように命じた直後、防空壕で倒れたとのことです。軍医の見立てでは、直接の死因は心停止ですが、明白に癌の兆候も見られたと」

山本は天を仰いで独白するのだった。

「ああ、可哀想なことをしてしまった。おそらく病魔を押して出陣してくれたのだろうよ。これで僕ひとりになってしまったではないか……」


再び滑走路へと足を踏み入れた山本五十六は、血を流す強い覚悟を固めていた。

ただし、ひとりではできない。彼は泰然自若をきわめた様子で銀河隊を見据えた。

すでに第六中隊の全機が翼を休めており、危険がないと判断できたのか、ほかの中隊も着陸態勢に入ろうとしていた。江草少佐の機体は上空警戒に従事してくれている。

山本は給油作業の監督を続ける高岡大尉へと、こう切り出すのだった。

「どうだ。すぐに飛べそうかね」

「はい。問題ありません。アメリカさんは上物の航空ガソリンを貯め込んでくれています。楽々とウェーク島まで帰れますよ」

孝行息子を先に死なせてしまった父親のような

表情を示したあと、山本は言った。

「高岡大尉、君に非道な命令を下さなければならない。これから長駆四〇〇〇キロを飛翔し、敵の本丸を襲う。悪いがその命をくれ。もちろん私も一緒に行くぞ」

5　ゲーム・オブ・デス

——一〇時間後

ハワイは夕暮を迎えようとしていた。

二年前の地獄から復旧を果たした真珠湾《パールハーバー》だが、現在は通夜のような雰囲気だ。待ちわびた吉報は届かず、敗北を伝える電報だけが連鎖反応のように舞い込んできた。

チェスター・W・ニミッツ大将は早くも覚悟を決めていた。タルサ作戦は完全に瓦解したのだ。マッカーサー大将が行方不明の現在、責任を押しつけられるのはこの身であろうと。

「しつこい新聞屋どもはカタリナ飛行艇に乗ってくれたかな」

愛用の車椅子に座ったまま、フランクリン・D・ルーズベルト大統領が力なく呟いた。

「来たときと同様、〈オーガスタ〉で一緒に帰るはずだったが、約束された勝利が水泡となったのでは、席は用意してやれないよ」

ニミッツは静かに頷き、窓外を見やった。

二人がいるのは太平洋艦隊司令部だ。フォード島の南東に位置する凹字型の建造物である。目の前には潜水艦専用の桟橋があり、その南にはCA‐31〈オーガスタ〉の勇姿があった。

ルーズベルトが重用する重巡である。開戦前、大統領はこれでニューファンドランド島沖で開催された大西洋会談に出向き、それ以降も何度か乗艦していた。今回は懇意にしている報道陣を大勢引き連れ、ハワイまで遠征していた。

目的はひとつ。ラバウル占領という勝利を派手に報道させ、来年の選挙に繋げるためであった。

「新聞記者たちは盛んに本土と連絡をとっているのに、我が軍は前線と話さえできないとは。クェゼリン環礁との通信は、まだ回復しないのか」

大統領の問いかけにミニッツは答えた。

「単純な通信関係のトラブルだとは思えません。通信する相手がいなくなった危惧も考えに入れるべきでしょう」

「全滅……ということかな?」

「イエス。夜戦と昼戦で二つの戦艦群が撃破された事実はお伝えしたとおりですが、空母群も同様の末路をたどったと考えたほうが無難でしょう。自主退避した駆逐艦は、日本海軍機の奇襲で損害が出たと明言しています」

「つまり、スプルーアンスは戦死したと?」

「断言はできません。しかし、艦隊指揮を執れる状態でないのは確実でしょう」

ため息を盛大についたルーズベルトは、政治家らしい発言を繰り返すのだった。

「敗北を次に繋げる教訓としたいのだが、失敗の原因はなんだろうね」

「人事。それに尽きます。ハルゼーの戦死がここまで響くとは考えておりませんでした。スプルーアンスも優秀な軍人ですが、大規模な侵攻計画に慎重派の彼はマッチしていませんでした。

いちばん痛かったのはロシュフォート中佐の不在です。暗号のスペシャリストを本国へ召還したのは返す返すも残念。彼がハワイにいれば日本の策略など難なく見破っていたでしょうに」

「策略か。やはりアメリカは騙されたのだな。ここ真珠湾を奇襲されたときと同じだ。失策を繰り返すのは賢者の道ではないぞ」

「大統領閣下、愚者たる私には辞表を提出することしかできません。どうか部下には寛大な処置を願いたく思います」

「そう急ぐな。今回の敗北だが、悪いことばかりでもなかった。マッカーサー将軍とも連絡ができないのは、ある意味幸運かもしれない。

奴はこの私を脅してまで、タルサ作戦を強行したからな。生きていようと死んでいようと、あらゆる意味で再起不能となったのは間違いない。フィリピンに固執する彼が消えた以上、トーキョーの連中と和議が結びやすくなった」

ニミッツは両眼を大きく見開いて尋ねた。

「和議ですと？　この状態で日本と講和をするのですか」

「停戦だよ。一年半だけ時間を稼げば、マンハッタン計画が最終段階を迎える。原子爆弾を量産化した暁には、日本列島などあっという間に蒸し焼きにしてくれるわ！」

本心か、それとも空元気かは不明だが、ルーズベルトは大いに吠えた。それが生涯最後の台詞となることも知らずに……。

唐突に飛翔音が響いてきた。べつだん珍しくはない。フォード島の飛行場は不夜城なのだ。四六時中、離発着を繰り返している。

だが、それにしても大きい。警報もサイレンも鳴らないが、ノイズはやかましくなる一方だ。

直後、銀白色の鉄塊が飛び込んできた……。

それは、日本海軍航空技術廠がデザインした陸上爆撃機〝銀河〟であった。

乗員は二名のみ。山本五十六大将と高岡迪大尉だけだ。電信員はあえて乗せなかった。死地への旅立ちに、連れは無用だ。

抱えた爆弾は二式五〇番通常爆弾一型が二発。すなわち一トン弱。これだけの爆発物が投げ込まれて、無事でいられる人間も建物もない。

太平洋艦隊司令本部は瓦解し、炎上した。

ここに山本五十六は、ようやく死を手に入れたのである……。

エピローグ
D-DAY

1　ノルマンディの夜明け
——一九四四年六月六日

「ですから！」

因縁深き練習軽巡〈ノストラダムス〉にマックス・ド・フォンブリューヌ少佐の力説が響く。

「偉大なるノストラダムスは、ハワイでルーズベルト大統領とニミッツ提督が死亡することも予言していたのですよ。艦長！　どうかこれを読んでください」

まだ朝焼けが始まったばかりで周囲は暗い。大儀そうな表情で、イル・ド・ブルーメール大佐は分厚い百詩篇集に視線を落とす。

そこには、こんな四行詩《カトラン》が記されていた。

第一巻一〇〇番
長きにわたり空に灰色の鳥がみられよう
ドールとトスカーナの近隣にて
嘴《くちばし》に緑なす小枝をくわえた姿で
すぐ大物が死亡し戦争が終わる

「一行目の灰色の鳥とは鳩のことかね。鳩は太平の象徴だ。四行目で偉人の死と終戦が明言されているから、平和が訪れる詩なのは理解できるが、ハワイだという根拠はないな」

艦長の常識論に艦医は非常識で応じた。

「ありますとも。ドーロとトスカーナはイタリアの地名で、いずれも北緯一二度前後に位置しております。この数字をひっくり返せば二一。そして、オアフ島は北緯二一度線近くにあるのです。これは果たして偶然でしょうか」

「凄まじく高い確率で偶然だと思うが、第三者の意見も聞かねば公正ではあるまいね。連絡将校はどうお考えか」

航海艦橋の一角にたたずんでいた男が、ぎこちないフランス語で話し始めた。

「私は軍人ではないため、連絡将校と呼ばれる資格がありません。ただの連絡員です」

フォンブリューヌが生真面目な顔で、

「ムッシュ・ミズノ、貴殿は東洋占術の大家だと聞いているぞ。専門家から見たノストラダムスの印象をご教示願えまいか」

と言うや、相手の日本人は無表情を決め込んだまま、こう告げるのであった。

「歴史的な事実を過去の書物から発掘するのは、誰でもできましょう。それは予言の解釈というより言葉遊びに近いかと。意義があるとすれば、先のことを予測できるかどうかです」

発言者は水野義人《みずのよしと》だった。海軍航空本部嘱託の人相見であった彼は、いまや共同作戦の連絡員として、修理を終えたフランス軍艦〈ノストラダムス〉に乗り込んでいたのである。

アメリカ大統領、太平洋艦隊司令長官、そして帝国海軍連合艦隊司令長官の物故を代償として、日米戦争は停戦と相なった。

これには第三三代の大統領となったヘンリー・A・ウォレスの意志が強く反映されている。

副大統領の彼はルーズベルトの後継者に指名されたが、もともと農政を得意とする人物であり、継戦の意欲は薄かった。

ルーズベルトが残したメモから対日講和を模索していたと知ると、ウォレスは前大統領の遺志を継ぐと宣言し、和睦に乗り出したのである。

あおりを食ったのがマンハッタン計画だ。

海軍から提出された艦隊再整備案を最優先するため、予算が激減されてしまった。その結果、合衆国が実用的な原子爆弾を完成させるのは一九四九年八月のこととなる。

ウォレスは同時に対独戦線にも停戦を呼びかけたものの、英国首相チャーチルは断固としてそれを拒絶した。モンロー主義に先祖返りした合衆国は、武器輸出国としてのみイギリスに協力を続ける道を選んだ。

困惑したのはチャーチルだった。フランス解放を狙ったラウンドアップ作戦は失敗したが、ヒトラー征伐は国是であり、中途半端な停戦など許されない。

まごまごしていればソ連軍がベルリン占領をなし遂げ、その勢いのまま全欧が赤旗に征服される危険も高い。

そこでイギリスは、日本に目をつけた。チャーチルは怪物的な外交力を遺憾なく発揮し、三国軍事同盟の破棄と対独参戦を取りつけたのだ。

代償は英仏蘭が保有する東南アジア全域の権益放棄と、中国援助の全面停止であった。

日本政府はこの条件を呑み、日英同盟復活を宣言するや、機動部隊と陸軍四個師団をイギリスへと派遣したのだった……。

「先の予測ならばできますぞ。ノストラダムスは、この作戦のことも予言しているのですから」

フォンブリューヌは自慢げにそう言うと、別のページを指さした。

第二巻五九番
ガリア艦隊はガルドの大支援を受く
偉大なネプチューンと三叉戟《トライデント》の兵によって
プロヴァンスは大軍を支えんとして貪られ
そのうえマルスのナルボンヌは投槍と槍で

「ガリアとはフランスを意味します。つまり我が艦隊が援助を受け、プロヴァンスとナルボンヌが戦場になるという予言です。ともにノルマンディ付近の古い地名だ。どうです。これから行われる上陸作戦を彷彿とさせるでしょう!」

水野は静かに反論した。

「地名に関しては南仏とイタリアのそれではないかと思うが、本場の専門家が明言するのであれば正しいのでしょう。

私が言いたいのは、予知できたところで運命は同じという冷たい現実ですよ。努力で未来が変えられない以上、予言にどれほどの意味があるのでしょうか」

フォンブリューヌも言葉を選んで返す。

「日本人の貴殿に指摘されるまでもない。私とて過去からの遺言などに振り回されるのは御免だ。しかし、信じる心は勇気を呼ぶものですぞ。

望ましき結果を呼び寄せるのならば、予言であろうと宗教だろうと利用し尽くさなければ。祖国を奪われれば、貴殿もその考えにいたりますよ。

　この四行詩ですが、地名だけをもとに解釈したのではありません。ガルドとはフランス海軍軍人でノストラダムスの知己でもあるラ・ガルド男爵です。彼は東洋人との混血だったという説もあります。それがもたらす大支援とは、日本空母艦隊にほかなりますまい」

　軍医がそう語った直後である。通信室から待ち望んでいた一報が入った。

「旗艦〈タイホウ〉のナグモ提督より連絡。これより攻撃隊が発進する。駆逐艦は発艦事故に備えるべし！」

　ブルーメール艦長は大きく頷くとマイクを手に取り、こう宣言するのだった。

「総員に達する。ついにオーバーロード作戦が開始された。フランス人の土地をフランス人の手で取り戻すのだ。総員戦闘配置。ドイツ兵の穢れた血で我が畑の畝《うね》を満たせ！」

　練習軽巡〈ノストラダムス〉は臨戦態勢に突入した。対潜警戒を強めながら、日本空母艦隊の先頭を露払いのために進んでいく。

　英仏海峡まで、あと一五〇キロ。この間合いで攻撃隊を発艦させたのは南雲忠一《なぐもちゅういち》中将率いる四隻の遣欧機動部隊であった。

　新鋭空母〈大鳳〉を筆頭に、飛行甲板を部分的に装甲化した〈瑞鶴〉〈飛鷹〉〈隼鷹〉が零戦五二型、彗星艦爆、天山艦攻などを次々に発進させていく。

　護衛には戦艦〈大和〉および巡洋艦八隻、駆逐艦一九隻が同行していた。

　上陸開始直前、〈大和〉は四六センチ砲でノルマンディのドイツ軍陣地を叩く計画なのだ。

日仏合同艦隊は、いままさに史上最大の作戦に挑もうとしていた――。


大君主《オーバーロード》作戦は激戦の末、日仏英連合軍の勝利に終わった。

陸軍大将山下奉文《やましたともゆき》将軍に率いられた四個師団は、続く毒蛇《コブラ》作戦でも白星を飾り、フランス全土の八割を奪還した。

九月に実施された市場庭園《マーケットガーデン》作戦が成功し、ドイツ本土へと突入した山下は、一二月にベルリン一番乗りを果たすのだが、この輝かしい未来を予見できた者は誰ひとりいなかった。

例外があるとすれば、中世に死し、現代を生きた伝説の医師《ノストラダムス》だけであったろう……。


（ラバウル要塞１９４３　了）

RYU NOVELS

ラバウル要塞1943②
竜巻作戦発動！

2020年7月23日　初版発行

著　者　吉田《よしだ》親司《ちかし》
発行人　佐藤有美
編集人　酒井千幸
発行所　株式会社　経済界
〒107-0052
東京都港区赤坂 1-9-13　三会堂ビル
出版局　出版編集部☎03(6441)3743
　　　　出版営業部☎03(6441)3744
振替　00130-8-160266
ISBN978-4-7667-3286-3

印刷・製本／日経印刷株式会社

Printed in Japan